DistelKrimi

«Ein Thronfolger. Hatte Weiss sich gesagt ... Selbstdisziplin, Manieren, Intelligenz: alles notwendige Eigenschaften ... Von der sehr intimen Bekanntschaft, die Ange mit vielen Honoratioren verband, gar nicht zu reden. Die einzige Angst, die Weiss hatte: daß es Ange an Brutalität mangeln könnte. Die Ereignisse der letzten Wochen hatten diese Bedenken zerstreut. Es war wirklich schade, daß man einem Verräter nicht vergeben konnte. Das würde sich herumsprechen, und dann würde jeder versuchen, ihn zu betrügen, seine sträfliche Gutmütigkeit auszunutzen.»
Stanislas Weiss, Platzhirsch der lokalen Unterwelt: Drogen und Prostitution, krumme Immobiliengeschäfte und Beziehungsklüngel. Ange, eine Art Engel, jung, schön, stark, Edel-Strichjunge Nr. 1 von Weiss. Die drei Frauen von Ange, die unterschiedlicher nicht sein können: María Concepción, Béatrice, Dara-Soledad.
Ange will aus dem Milieu ausbrechen. Der Versuch scheitert. Er wird von Killern seines «Chefs» fast tot in eine Baugrube geworfen. Mitten in Paris, nachts bei eisiger Kälte. Ange überlebt mit Hilfe María Concepcións, ist entschlossen, sich zu rächen. An Weiss und anderen «Notabeln». Und er muß Soledad retten, die zusammen mit anderen jungen Prostituierten im Landhaus von Weiss unter Drogen gesetzt wird. Leichen, die den Weg pflastern, bedeuten wenig. Die Schauplätze: Paris und Südwestfrankreich.

Laurence Démonio, geboren 1960, ist Juristin und lebt in Paris. «Eine Art Engel», ihr erster Roman, wurde begeistert von der französischen Presse aufgenommen.

«Die Gestalten sind mit ein paar Strichen lebendig dargestellt. Präzise wie Prankenhiebe ... Die Energie, die das Buch belebt, wird bis zum Schluß durchgehalten.» (*Le Monde)* «Die Spannung ist atemberaubend, der Schreibstil schneidend und effizient. Kurz: ein wahres Meisterstück!» (*Questions de Femmes)* «Eine neue Generation von Krimiautoren tritt hervor.» *(TransFac)*

Laurence Démonio

Eine Art Engel

Aus dem Französischen
von Karin Ayche

Distel Literaturverlag

Deutsche Erstausgabe

Sonnengasse 11, 74072 Heilbronn
Die Originalausgabe erschien 1997 unter dem Titel
«Une sorte d'ange»
bei Éditions Viviane Hamy (Paris)

Druck und Bindung: Fritz Steinmeier, Nördlingen
Umschlagentwurf: Jürgen Knauer, Heilbronn
ISBN 3-923208-40-5

Für Charles und Robert-Louis

Seine Energie war wie ein kalter, harter, klarer Wind.
Jim Harrison

EINS

Die Ratte hat Angst und Hunger. Ihre glänzende Schnauze zittert. Sie nähert sich ein paar Zentimeter und hebt plötzlich die Nase, schnuppert die schweflige Luft, weicht zurück.

Der Geruch des Blutes macht Appetit; die Ratte speichelt vor Gier. Aber die linke Hand hat sich dreimal bewegt. Oder gezittert. Wenigstens schien es so. Ein zischender Ton, ähnlich dem Fauchen einer Katze, entweicht den geschwollenen Lippen, den eingeschlagenen Zähnen.

Die Ratte friert. In der riesigen Baugrube, unter freiem Himmel, weht ein eisiger Nordwind, der weiße Weihnachten ankündigt.

Weiße Weihnachten, sie rennt vorneweg in smaragdgrünen Stiefeln mit weißem Pelzbesatz, ihre Knie, voller Kratzer und blauer Flecken, unter einem wippenden, wolligen Schottenrock.

Pack sie und bring sie zu Boden, diese Knie und die Schenkel des jungen Mädchens, die dünnen Mädchenschenkel.

Der linke Arm liegt schwer auf der Brust. Der rechte ist gebrochen, hängt schlaff herunter. Das rechte Bein zuckt, als verfehlte jemand im Traum eine Stufe.

Die Ratte stößt einen schrillen Laut aus. Sie rast zum Graben, wo ein großes Kanalrohr herausragt. Das ist ein Fehler. Die fünf oder sechs Grad unter Null, die Wunden hätten eine leichte Beute beschert. Ein bißchen Geduld hätte gereicht.

Drei Rippen sind gebrochen, ebenso der rechte Unterarm. Der linke Oberschenkel blutet aus einer tiefen Wunde. Der Knöchel ist verstaucht und geschwollen, das Gesicht eine aufgedunsene Masse, aus der die Augen, wenn sie sich öffnen ließen, nichts erkennen könnten, soviel Blut ist von den Brauen geflossen. Die Gehirnerschütterung mag leicht sein, aber wahrscheinlich gibt es kein Erwachen mehr vor dem Tod in der Kälte, tief in der Baugrube zwischen der Rue de la Roquette und der Passage Thiéré, wo schon in wenigen Monaten eine Tiefgarage betoniert sein wird und wo zwei Männer, zwei Schatten, deren Witterung die Ratte ins Freie gelockt hat, den Körper, die Beute, das lauwarme Aas hineinwarfen.

Keine Erinnerung an den Sturz, noch an das, was zuvor geschehen ist. Auch den Schlamm, der auf seinem Gesicht, seinen Händen trocknet und gefriert, spürt er nicht. Er spürt nicht einmal die Kälte – sein Körper, dessen Herz jetzt langsamer schlägt, spürt sie wohl, er aber spürt seinen Körper nicht. Als ob er keinen Körper mehr hätte. Als ob er nicht mehr der wäre, der er ist.

Er hat oft davon geträumt, so von sich zu gehen, für kurze Zeit diese leibliche Hülle, dieses Gefängnis zu verlassen. Schon immer begleitet ihn, die nicht Furcht, nicht Hoffnung, sagen wir: die Möglichkeit, diese Art von Mißgeschick könne ihm zustoßen. Nie hat er sich vorgestellt, nicht diese Furcht, nicht diese Hoffnung, sagen wir: diese Möglichkeit könne die unmittelbare Folge, die Konsequenz, seines Traums sein.

Er weiß nicht, daß er am Sterben ist. Wie in einem unruhigen Traumschlaf tauschen Synapsen und Neuronen geheime Informationspartikel aus, verstümmelte, deformierte Hologramme – eine Serie von Zaubertricks, in denen kein weißer Hase aus dem Hut springt, sondern ein blondes, schlankes, schönes Mädchen, dem der Aufenthalt im doppelten Boden seiner Erinnerung kein Haar gekrümmt hat.

Dennoch wehrt er sich gegen die Kälte dieser Nacht vom 24. auf den 25. Dezember, am Fuße einer stehengebliebenen Mauer, auf der sich reliefartig eine Geistertreppe abzeichnet und wo Tapetenfetzen noch von Existenzen zeugen, deren Spuren bald verschwunden sein werden.

Plötzlich winkelt er die Beine an. Seine Füße finden Halt im vereisten Schlamm. Ein Beobachter – die Ratte zum Beispiel, wenn sie nicht in die warme Finsternis des unterirdischen Kanalsystems abgehauen wäre – könnte denken, daß er aufstehen, den Schmutz von seiner Kleidung abklopfen und weggehen wird.

Doch es braucht lange, sehr lange, bevor das Leben

diesen Körper, hartnäckig, wieder zu einer Bewegung anregt.

Vorerst wärmt das Herz sich auf. Sucht sich einen festeren, schnelleren Schlag. Das Bewußtsein steigt auf, Stück für Stück, wie ein Taucher zwischen zwei Wassern, einer Schicht entgegen, die leuchtender ist, transparenter und bewegter. Buntschillernde Fische. Kalte Fische. Er verfällt in alte Gewohnheiten und klassifiziert, zoomt hin und her zwischen teleskopisch vergrößerten Bildern seines Traums. Blinde Fische aus den Tiefen, Fische aus den blinden Tiefen. Fische, buntschillernd von der Oberfläche, Fische von der buntschillernden Oberfläche.

Und der Taucher durchstößt die Regenbogenfarben der flüssigen Haut. Er versucht, die Augen zu öffnen. Er spürt Kälte, Schmerz und Angst. Eine Welle bricht herein über den Taucherkopf, und der Taucher bekommt keine Luft mehr, sagt sich: «Ich tauche wieder unter».

Nein.

Er taucht nicht wieder unter. Sein Bewußtsein ist zwar erneut in friedliche Tiefen abgetaucht, aber sein Körper hat sich geweigert; das Herz, sein Leibwächter, hat beschleunigt und mit großen Schlägen Blut und Wärme in Brust, Bauch und Gliedmaßen gepumpt. Alle Wunden und alle Nerven erwachen gemeinsam, mit einem einzigen Ruck.

Er heult auf, krümmt sich vor Schmerzen.

Ein verliebtes Paar läuft die Baustelle Rue Roquette entlang. Sie schmiegen sich eng aneinander – die Zärtlichkeit proportional zur Kälte, die sie spüren – und hören nichts von dem Gurgeln, das den bläulichen, zerrissenen Lippen entweicht.

Er jedoch hört das spitze Lachen der Frau, als ihr der Liebhaber aus Spaß, aus Übermut mit eisiger Hand unter den Pelzkragen fährt.

María Concepción Uruti hatte die Abbruchmaschinen gehaßt, als sie gekommen waren, den alten Häuserblock, den sie immer von ihrem Zimmerfenster aus gesehen hatte, niederzureißen, zu zerstören. Sie hatte sie gehaßt, als sie jene Stockwerke, die den Eingang zur Passage Thiéré umschlossen hielten, zerstörten, jene kurze Brücke zwischen den beiden Seiten der Straße, fast wie eine Brücke aus dem Mittelalter, aus einer Zeit, als man Flüsse durch Brücken so überbaute, daß sie sich überqueren ließen wie eine normale Straße, ohne daß man jemals das Wasser zu sehen bekam. Wer braucht schon den Blick auf den Fluß, wenn er sich entschieden hat, in der Stadt zu leben? María Concepción Uruti brauchte ihn jedenfalls nicht: Sie war seit 1965, dem Jahr ihrer Ankunft in Paris, nicht ein einziges Mal am Ufer der Seine gewesen.

Sie war hierhergekommen, um sich einzuschließen in der Menschenmenge und den Wohnblöcken, wollte versuchen, einundzwanzig Jahre eines ungeschützten Lebens zu vergessen – die endlosen Weiten, die zu durchqueren man mehrere Tage brauchte und wo man höchstens Idioten und Schlangen begegnete, und die Pferde, Pferde, Pferde, diese dummen Tiere, die ihre Zeit damit verbringen, auf der verhornten Spitze einer einzigen Zehe herumzulaufen, und die im Stehen schlafen. María Concepción Uruti wollte in einem großen Bett schlafen, mit weicher Matratze, unter einem Federbett, im Schutz eines Zimmers, dessen

Wände von Millionen anderer Wände geschützt wurden, im Innern der allerkleinsten Einheit, dem innersten Schlupfwinkel. Sie stellte sich gern vor, daß sie in einem phantastischen Märchen lebte, in einer zweidimensionalen Straße, nur mit Länge und Höhe, einer Straße, die ihrer Breite, ihrer Dicke, ihres Profils beraubt war, denn gegenüber gäbe es kein Gegenüber, sondern eine Abwesenheit, ein Loch im Urschlamm, aus welchem ohne Zweifel etwas entstehen würde und noch nicht entstanden war – ein Mysterium, das Mysterium des Seins. Ich bin nicht, aber dieser dickflüssige rötliche Schlamm enthält meine Möglichkeit. Maria Concepción Uruti betrachtete diese Baustelle als eine Gebärmutter.

Am Abend machte sie sich Matetee und trank ihn sehr langsam, sehr konzentriert im Sessel vor dem Fenster ihres Zimmers gegenüber der endlich ruhigen Baustelle, den mitten in der Bewegung erstarrten Abbruchmaschinen, gleich Insekten oder Dinosauriern. Vorher hatte sie den Hörer neben das Telefon gelegt: Sie wollte nicht gestört werden in ihrer Betrachtung. Niemand rief sie jemals an, aber oft verirrten sich Unbekannte in ihre Leitung, Menschen, die sich verwählt hatten, oder feige Strolche. María Concepción meldete sich nie. Sie empfand den Atem dieser Leute und ihre Worte, als wären es von Kinderhand geworfene Steine. «Was habt ihr gegen mich?» hätte sie sie gefragt. Es war besser, nichts zu sagen. Das war der Preis, den sie zahlen mußte, um sich ihren Unterschlupf in der allerkleinsten Einheit der Stadt zu sichern. Bewohner anderer winziger Zellen klopften an: Man durfte nicht aufmachen, man würde sich ihnen ausliefern.

Sie hörte das Paar vorbeilaufen, dann das aufgekratzte Lachen der Frau – ein Lachen, das sie sofort erkannte und haßte. Ein sexuelles Lachen. Sie schlürfte einen Schluck Matetee, stand dann aber doch auf, öffnete das Fenster zum zweiten Mal an diesem Abend, lehnte sich hinaus und konnte die siamesischen Umrisse des Paares erkennen. Sie konnten ihr leid tun, die beiden. Heute abend würden sie miteinander schlafen, wer bestieg wen? Und danach? Morgen oder in zehn Jahren? Auf welche anderen Körper würden sie klettern mit der gleichen hormonellen Gewißheit zu lieben? María Concepción liebte nicht mehr. Sie hatte geliebt, vor langer Zeit, vor diesem Zimmer, das einer Zelle ähnelte, vor dem Seineufer, zu einer Zeit, als sie auch Pferde noch liebte.

Es war sehr kalt. Sie zog ihr Tuch dichter um den Hals, schloß aber nicht das Fenster. Sie sog die Luft ein und mit der Luft den Geruch des Baustellenschlamms.

Was würde aus diesem Schlamm entstehen? Ein Wohnkomplex «de luxe», sagte sie sich spöttisch. Sie sagte sich auch: Das Mysterium kann nur wieder ein Mysterium hervorbringen – und dann eine Offenbarung.

Ein weißer Fleck.

Dreieckig.

In diesem Moment erblickte sie tief im Innern der Baustelle einen weißen dreieckigen Fleck. Sie versuchte, die Dunkelheit zu durchdringen, drehte sich abrupt zum Beistelltisch und nahm den Tee. Sie schlürfte einen weiteren Schluck. Mate bringt Licht, murmelte sie, und sie glaubte daran.

Über dem weißen dreieckigen Fleck war noch einer, eher oval und beige, der sich bewegte. Noch ein bißchen Mate. Die Welt wird deutlicher. Als brächte der Schlamm der Baustelle so etwas wie ein Mysterium hervor.

María Concepción stellte ihren Tee auf das Tischchen, schloß das Fenster, durchquerte mit kleinen, hastigen Schritten das Zimmer. Dies ist die Nacht der Offenbarung, sagte sie sich, und dann: Jetzt geh, du alte Närrin. Im Schrank, der zwei Drittel des kleinen Flurs einnahm, fand sie ihren Luchsmantel, den sie seit dem Winter 1973 nicht mehr getragen hatte und der nach Mottenkugeln stank. Sie zog graue Stiefel an, nahm ihren Schlüssel, ging hinaus auf den Treppenabsatz, schlug die Tür zu. Sie atmete tief durch. Mitten in der Nacht gehst du hinaus, du alte Närrin, und dies wegen eines Hirngespinstes.

Sie trat in die Rue de la Roquette hinaus, ihr Herz schlug wie an dem Tag, als ein Flugzeug sie in Orly abgesetzt hatte, oder an jenem anderen Tag, damals, als Juan Uruti das Gleichgewicht verlor, über den Hals des braunen Zuchthengstes kippte und sich in einem grotesken Sturz drei Halswirbel brach.

Zwei junge Schwarze mit wiegendem Gang kamen ihr entgegen.

«Na, Oma!» sagten sie zu ihr.

«Geht mal schön weiter, Morenos», antwortete sie ihnen.

Sie wartete, bis ihr Lachen nur noch gedämpft nachhallte, überquerte dann die Passage Thiéré.

Ein hoher Bauzaun aus grünem Metall verwehrte den Zutritt zur Baustelle. Da sie mehrere Nächte hintereinander gesehen hatte, wie Kinder dort hindurchschlüpften, wußte María Concepción, daß es eine Lücke gab und wo sie zu finden war. Sie lief etwa fünfzig Meter und paßte dabei auf, daß sie auf dem eisglatten Rinnstein nicht ausrutschte. Der Bauzaun machte einen Knick, und in diesem Winkel verbarg sich, fern jeder Straßenlaterne, eine Gittertür.

Hier hatte sie eine Stunde zuvor ein großes schwarzes Fahrzeug, einen Mercedes oder BMW, parken sehen, als sie zum ersten Mal ihr Fenster geöffnet hatte. Sie hatte jedoch nicht erkennen können, wer aus der Limousine ausstieg – zwei Männer, mindestens, nach dem Lärm der Türen zu urteilen –, noch, was sie dort zu suchen hatten. Die Sache hatte keine Minute gedauert. Die Türen waren zugeschlagen worden, die weißen Lichter der Rückfahrscheinwerfer hatten aufgeleuchtet, waren dann erloschen. Das Fahrzeug war unter ihrem Fenster vorbeigefahren, hatte beschleunigt, war in die Rue de la Roquette abgebogen Richtung Place Léon-Blum.

María Concepción zog sich Lederhandschuhe an – weiches und festes Leder, wie sie es nur in Argentinien gefunden hatte –, löste die Kette, die die Gittertür versperrte. Wie sie es sich gedacht hatte: Das Vorhängeschloß war defekt, es reichte, wenn man die dreifach herumgeschlungene Kette abwickelte. Sie schloß das Gitter wieder hinter sich, tastete mit der Fußspitze den Boden ab: Der Schlamm war steinhart. Sie versuchte, den weißen dreieckigen Fleck auszumachen, sah aber nichts. Das spielte keine Rolle. Sie wußte, wo er war, und kannte die Geographie des riesigen Loches auswendig. Sie bog nach rechts ab, wo die Abbruchmaschinen bei der Durchfahrt zwei parallele Spuren hinterlassen hatten, deren vom Frost gehärtetes Profil sie unter ihren Sohlen spürte. Sie ging langsam hinunter, die Füße immer dicht am Boden, die Arme halb ausgestreckt wie Flügel, wie eine Seiltänzerin im Dunkeln.

Als sie unten in der Grube angekommen war, blieb sie stehen, atmete tief durch, schloß die Augen und ging in ihrem Kopf den Grundriß der Baustelle durch, so wie sie ihn von ihrem Fenster aus in Erinnerung hatte.

Links. Nicht mehr als fünf oder sechs Meter.

Sie öffnete die Augen wieder: Bravo, du alte Närrin, da ist der weiße Fleck, ganz nah, und außen herum die gespenstischen Umrisse eines Körpers.

Zunächst vergewisserte sich María Concepción, daß die Halswirbel nicht gebrochen waren. Als ihre Finger seinen Nacken berührten, bewegte sich der Kopf ein wenig. Der Unbekannte atmete mit einem leichten Rasseln. Er hatte die Beine wieder angewinkelt, die Sohlen flach auf dem Boden. Also kein Bein gebrochen.

María Concepción beugte sich hinunter, bis ihre Lippen das Ohr des Unbekannten berührten:

«Hombre, du wirst jetzt aufstehen müssen. Ich bin nicht stark genug, um dich zu tragen. Und ich rufe niemanden. Kann ich nicht. Und du, gut möglich, daß du das auch nicht willst. Du hast nur mich, Hombre. Dort, wo wir jetzt hingehen, das ist sehr nah für mich, sehr weit für dich. Steh auf. Es ist zu kalt, hier können wir nicht bleiben.»

Er blieb an der Oberfläche. Er würde nicht abtauchen. Die Stimme war schön, die ihm ins Ohr flüsterte. Älter, eine Stimme, die genug Muße gehabt hatte, älter zu werden.

Er schrie auf und wäre fast wieder untergetaucht, als jemand seinen rechten Arm anhob. María Concepción hörte nichts, nur das Rasseln, das mit jedem Atemzug den aufgeplatzten Lippen entwich, es klang jetzt schärfer und intensiver. Sie drehte den Unbekannten um, nahm vorsichtig seinen linken Arm, legte ihn sich auf die Schultern; hielt ihn mit einer Hand fest und schob die andere Hand und den ganzen Arm unter seinen Rücken.

«Jetzt», sagte die Stimme, «steh auf».

Er würde sich nie daran erinnern können, wie er es geschafft hatte, sich aufzurichten, aus dem Loch und dem gefrorenen Schlamm herauszusteigen, eine Märchenstraße entlangzulaufen, eine zweidimensionale Straße aus nur einer Reihe von Fassaden, die Treppe hochzuklettern bis zum Appartement, dem Schlupfwinkel von María Concepción.

Er würde ihr nicht glauben, wenn sie ihm später von «deinem Gang nach Golgatha», wie sie es nannte, erzählte. Eine andere Erklärung hätte er aber auch nicht. María Concepción war eine zerbrechliche, zarte Frau von fast fünfzig Jahren: Sie konnte ihn nicht getragen, konnte ihn kaum gestützt haben.

«Wenn du es damals geschafft hast, in jener Nacht, dann kannst du alles schaffen.» Er würde sich lange fragen, ob es nicht, statt der schlichten Tatsache seines Überlebens, vielmehr diese Worte von María Concepción waren, die ihm ermöglichten, was er anschließend tatsächlich schaffen sollte.

Als der Unbekannte ausgestreckt auf ihrem Bett lag, untersuchte María Concepción ihn sorgfältig, stellte fest, wo er überall verletzt war, und zog ihn dann aus.

Er war schlank, kräftig und groß – er erschien ihr sehr schlank, sehr kräftig und sehr groß, denn noch nie hatte ein schlanker, kräftiger und großer Unbekannter ihr Appartement betreten, und plötzlich kamen das Bett und das Zimmer ihr eng, alt und zerbrechlich vor. Sie reinigte die Wunden am Oberschenkel und im Gesicht. Sie fädelte Nähgarn in eine Nadel und nähte sie.

Der Unbekannte reagierte nicht: Er war wieder abgetaucht unter die Oberfläche seines Bewußtseins.

Anschließend richtete sie die gebrochenen Knochen des Armes, legte eine Schiene an, wickelte sie mit einem Verband stramm fest. Sie stellte einen neuen Verband her, indem sie eines der Leinenlaken zerschnitt, die gefaltet zwischen Lavendelsäckchen in ihrem Schrank lagen. Sie umwickelte damit die Brust des Unbekannten, und das war schwieriger als alles andere in jener Nacht, denn sie hatte sehr wenig Kraft und mußte ihn bei jeder Umdrehung behutsam hochheben.

Sie rückte den Sessel näher ans Bett, setzte sich hin und wachte.

Sie schlief immer sehr wenig, zwei Stunden gegen Tagesanbruch, ihr Schlaf war leicht wie der eines Vogels.

Sie hatte die aufgeplatzten Lippen gewaschen und desinfiziert, aber sie konnte nichts tun, um den schräg abgebrochenen Schneidezahn zu reparieren. Das war auch ganz gut so: Sie lauschte die ganze Nacht aufmerksam auf das Rasseln, das durch die Lücke drang, den einzigen Beweis, daß der Unbekannte atmete, regelmäßig atmete, daß er lebte. Sie wußte, er hätte eigentlich eine andere Behandlung gebraucht, vielleicht eine Transfusion.

«Ich bin kein Krankenhaus, Hombre. Es ist, als ob wir beiden in der Wüste wären, du und ich. Du überlebst, wenn wir einander vertrauen.»

Sie hatte Vertrauen zu ihm; sie hatte gesehen, wie er im Schlamm und in der Kälte aufgestanden und neben ihr hergelaufen war, wie einer, der von den Toten aufersteht. Aber würde er ihr auch vertrauen? Juan Uruti hatte nicht auf sie gehört, als sie ihn warnte vor dem braunen Hengst; ein paar Minuten später war er tot. Tot, weil sie sich mit ihrem Wissen und ihrer Vorahnung nicht hatte durchsetzen können. Tot, im Grunde genommen, weil ihre Liebe zu Juan unreif gewesen war, zu schwach und zu unterwürfig.

Gegen vier Uhr morgens wurde das Rasseln fast unhörbar und langsam. María Concepción erhob sich und tastete den muskulösen Leib des Unbekannten noch einmal ab. Zum Glück blieb er weich. Sie überzeugte sich, daß zwischen den geschwollenen Lippen auch nicht das geringste Blut heraussickerte. Nein, nein, du alte Närrin, er hat keine inneren Blutungen, dazu hat er nicht das Recht.

Sie setzte sich wieder hin, konzentrierte sich auf den Rhythmus der rasselnden Atmung und schlief darüber ein. Sie hörte nicht, wie sonst, den Wagen der Müllabfuhr in der Rue de la Roquette; das Brummen des laufenden Motors; den Lärm der Tonnen, die über den Asphalt geschleift werden; den hohlen Aufprall, wenn sie wieder landen; die knappen Zurufe an den Fahrer.

Die Sonne, eine blasse, weiße Wintersonne, weckte sie. Sie sah den ausgestreckten nackten Körper auf dem Bett, ein Arm und die Brust verbunden, das Gesicht blau und unförmig. Er kam ihr noch größer vor: Seine Füße ragten über die Bettkante hinaus. Du alte Närrin, du hast deine Arbeit nicht gut gemacht. Einer der Knöchel war geschwollen, doppelt so dick wie der andere.

María Concepción erhob sich nicht sofort. Sie betrachtete diesen verletzten Knöchel und ging in Gedanken den Weg noch einmal, den der Unbekannte an ihrer Seite bewältigt hatte, um bis hierher zu gelangen. Wie hätte sie ahnen können, daß er sich auch noch den Fuß verstaucht hatte? Wie hatte er laufen können? María Concepción empfand Bewunderung und Zärtlichkeit. Die ganze Nacht war wie ein merkwürdiger Wachtraum gewesen, in dessen Verlauf eine fünfundzwanzig Jahre jüngere María Concepción mit derselben Kaltblütigkeit, Geduld und Entschlossenheit ans Werk gegangen war, mit der sie einst die widerspenstigsten und wildesten Pferde zugeritten hatte.

Später, als sie ihm den Knöchel verbunden hatte, brühte sie sich einen starken Kaffee auf, setzte sich in den Sessel und trank ihn dort, am Bett des Unbekannten. Ihr schien, als habe das Rasseln seiner Atmung nachgelassen, aber das lag nur daran, daß die Autos auf der Straße zu viel Lärm machten.

Dann erwachten die Abbruchmaschinen im Innern der Baustelle, setzten sich mühsam in Bewegung, ihre Ketten fanden nur schwer Halt im gefrorenen

Schlamm. María Concepción ging ans Fenster und sah, wie sie, eine nach der anderen, auf die Ladeflächen gigantischer Lastwagen kletterten, die sie dann wegbrachten. Na, du alte Närrin, jetzt gibt es nichts mehr zu zerstören. Jetzt kann alles neu beginnen.

Er erlangte das Bewußtsein erst am vierten Tag wieder.

Drei Tage und Nächte hielt María Concepción Wache, wusch ihn, wechselte Verbände und Bandagen, sah zufrieden, wie die Schwellungen des Knöchels, des Gesichts und des Mundes zurückgingen, stellte am Morgen des dritten Tages fest, daß das Rasseln verstummt war, daß sich die Lippen zum Luftholen jetzt weiter öffneten. Sie stellte auch fest, daß der Unbekannte, bevor man ihn zusammengeschlagen hatte, schön gewesen sein mußte: kantiges Kinn, hohe Wangenknochen, kurze und gerade Nase, breite Stirn, goldblonde Haare, und daß er bestimmt nicht älter als sechzehn oder siebzehn war – eine feine und weiche Kinderhaut, zu der die Härte der Muskeln und ein Büschel heller Haare am Unterleib nicht ganz zu passen schienen.

Von der zweiten Nacht an hatte sie, zerschlagen und müde, die Entscheidung getroffen, sich neben ihm auszustrecken. Sie schlief, wie sie seit langem nicht mehr geschlafen hatte.

Ein Stöhnen weckte sie. Es war heller Tag. Im Schlaf hatte sie sich an den Jungen geschmiegt und einen Arm über seine Brust gelegt. Sie zog sich rasch zurück. Allmählich hörte er auf zu stöhnen.

Sie war jetzt sicher, daß er wieder auf die Beine

kommen würde. Er schien so kräftig und ruhig, daß sie nicht mehr fürchtete, er liege im Koma. Er schlief einfach. Er schlief sehr lange, mit dem inneren Frieden eines verwundeten Kriegers, in der Gewißheit, er werde am Ende des Schlafes Kraft und Können wiederfinden. Es war der gleiche magische, heilende Schlaf, wie ihn ein Medizinmann vor der entscheidenden Schlacht seinen jungen Kämpfern schenkt. Und du, alte Närrin, bist eine Hexe. Dabei hast du als Amazone angefangen. Das ist das Schicksal der Frauen, die vom Kampf nicht genug bekommen können.

Diese Überlegung erstaunte sie. Sie hatte geglaubt, schon vor Jahren, nach der Flucht in ihr Schlupfloch, aufgegeben zu haben. Aber nein, mußte sie entdecken, man alterte nicht. Der Körper alterte, die Zeit verstrich, schnell und immer schneller, aber im Innersten blieb man jenes Wesen voller mehr oder weniger gebrochener Versprechen. Und weil es Verrat gab und man sich dagegen verteidigen mußte, gab man nicht auf. María Concepción begriff, daß sie niemals aufgegeben hatte. Daß ein Stück Jugend in ihr überlebt hatte: Wut und Verlangen. Sie haßte jene, die den Jungen so zugerichtet hatten in der Absicht, ihn zu töten. Es bereitete ihr Freude, sich neben ihm auszustrecken und auf diese Weise friedlich zu schlafen. Wenn sie an Juan dachte, sah sie ihn nicht mehr wie eine Marionette über den Hals des Hengstes fliegen – und zwar durch ihre Schuld, da sie es nicht geschafft hatte, ihn die Vorsicht zu lehren, die Mut von Leichtsinn unterscheidet. Sie erinnerte sich an ihn so, wie sie ihn geliebt hatte, lachend und cholerisch, zärtlich und brutal, Mann und Kind, wie er den Pferden das

Maul malträtierte und dann wieder mit leiser Stimme liebevoll auf sie einsprach, wenn er merkte, daß seine Ungeduld und seine Heftigkeit sie verletzt hatten.

Am Morgen des vierten Tages erwachte María Concepción, zog die Hand zurück, die sie im Traum auf den Bauch des Jungen gelegt hatte, und errötete, weil er eine Erektion hatte. Einen Moment lang verharrte sie, ohne sich zu bewegen. Eine Hand glitt tastend über das Laken, fand die Schenkel von María Concepción, blieb dort liegen.

«Bitte», sagte er, «ich muß pinkeln».

‹Ein Mann, der pinkelt, ist ein Mann, der lebt›, pflegte Juan zu sagen, so wie er, ohne mit der Wimper zu zucken, zahllose andere trockene Sprüche vom Stapel ließ, die alle ein bißchen so klangen, als wären es Sprichwörter.

Er konnte nicht aufstehen. María Concepción brachte ihm die kleinste Schüssel, die sie in der Küche hatte, stellte sie ihm zwischen die Schenkel und versuchte dabei, seinen Penis nicht anzusehen, der steil zur Zimmerdecke wies.

«Bitte schön», sagte sie.

Seine Augen deuteten zur Zimmertür. María Concepción errötete erneut und ging hastig hinaus. Sie füllte die italienische Espressokanne mit Wasser und Kaffee, stellte sie auf den Gasherd, schloß sich im Bad ein, wo sie eine schnelle Dusche nahm und sich dann vor dem Spiegel über dem Waschbecken schminkte: ein Strich Kajal unter die schwarzen Augen, Rouge auf die Wangen, dezentes Rot auf die Lippen. Sie kämmte ihre langen grauen Haare, drehte sie zu einem lockeren Knoten zusammen. Ihre Haare waren über Nacht grau geworden, wenige Stunden nach Juans Tod: als María Concepción einundzwanzig Jahre alt war.

«O.k.?» fragte sie, als sie das Zimmer wieder betrat.

«Ich habe Hunger», sagte er. «Und wenn Sie mir das hier abnehmen könnten...»

Sie nahm die Schüssel. Bevor sie den Inhalt in den Abfluß der Toilette ausleerte, prüfte sie ihn mit einem kurzen Blick. Kein Blut. Er schafft es, du alte Närrin.

Als sie wieder in das Zimmer kam, hatte er sich den Unterleib und die Schenkel mit einem Stück Laken bedeckt.

«Ich heiße Ange», sagte er.

«María Concepción Uruti.»

«Haben Sie mich hierhergebracht?»

«Du bist ganz allein hierhergekommen.»

«Ganz allein?»

«Ich habe dich begleitet.»

Er sah sich um, das winzige Zimmer, die gerahmten Photos an den Wänden: eine junge Frau, dunkelhaarig, in Reitstiefeln, ein dunkelhaariger Mann mit Schnauzbart und vielen weißen Zähnen, Pferde. María Concepción hörte die Espressokanne gluckern.

Sie brachte ihm eine Schale mit Kaffee, ein paar Kekse, Butter. Sie half ihm, sich aufzusetzen, packte ihm das Kopfkissen in den Rücken. Mit seiner gesunden Hand umfaßte er den heißen Kaffee. María Concepción trank ihren Kaffee aus einem Glas, sie saß im Sessel, während sie daran nippte.

«Warum bin ich hier?»

«Kannst du dich nicht erinnern?»

«Doch. An vorher. Aber warum hier?»

«Weil ich da war.»

Er schien sich mit dieser Antwort zufriedenzugeben. Er hob den Kaffee bis an seine Lippen, verzog das Gesicht.

«Haben Sie mich gepflegt?»

«Du bist noch nicht wieder gesund.»

Er bewegte seinen gebrochenen Arm, betrachtete den breiten Verband, der seine Brust umgab, berührte vorsichtig Augenbrauen und Mund.

«Welchen Tag haben wir?»

«Den 28. Dezember.»

«So lange...»

«Du lebst.»

Er seufzte.

«Wissen Sie, was passiert ist?»

«Ein großes deutsches Auto hat unten kurz gehalten, an der Baustelleneinfahrt. Eine Stunde später habe ich dich gefunden, unten im Schlamm.»

«Gehen Sie öfter nachts auf Baustellen spazieren?»

«Nie.»

«O.k.»

Nach ein paar Minuten hatte er seine Schale geleert und fragte:

«Haben Sie Honig?»

«Nein.»

«Wo sind meine Kleider?»

«Im Badezimmer.»

Er setzte zu einer Frage an, überlegte es sich anders, dachte nach, sagte:

«In meiner Jacke ist eine Brieftasche.»

María Concepción bewegte sich nicht.

«Würden Sie sie mir bitte holen?»

Sie brachte ihm die Brieftasche. Helles Leder, abgenutzt, verbogen vom jahrelangen Tragen in der hinteren Hosentasche. Mit der linken Hand öffnete er sie, zog einige Fünfhundertfrancscheine hervor, hielt einen davon María Concepción hin:

«Können Sie für mich einkaufen gehen? Ein Glas Honig, Trockenobst, einen Kopfsalat, ein Steak, ein Kilo Orangen, zwei Liter Milch, eine Flasche Vittel.»

«... Eine Flasche Vittel», wiederholte sie.

«Haben Sie Telefon?»

«Im Flur.»

«Ist die Schnur lang genug? Reicht sie bis zu mir?»

María Concepción brachte ihm das Telefon. Er nahm den Hörer ab, packte sich den Apparat auf den Oberschenkel, streckte die Finger nach den Tasten aus. Unvermittelt sah er María Concepción an:

«Danke», sagte er. «Aber ich verstehe das nicht.»

«Ich auch nicht.»

Er schüttelte den Kopf.

«O.k. Trotzdem danke.»

«Ich gehe einkaufen.»

Als sie die Wohnung verlassen hatte, wählte er eine Telefonnummer, die mit einer 16 begann. Er ließ es lange klingeln, bevor er auflegte. Er sah sich um, aufmerksam, als mache er eine Liste von allem, was sich im Zimmer befand. Dann ließ er seinen Kopf nach hinten fallen in die Kopfkissenmulde und schloß die Augen. Er schlief nicht ein. Keiner seiner Muskeln rührte sich.

Er aß.

María Concepción hatte es nicht für möglich gehalten, daß er dazu schon imstande war. Er verschlang die Hälfte des Steaks, mehrere Salatblätter, eine Orange und trank sehr viel Milch. Für diese Mahlzeit brauchte er eine gute Stunde, in kleinen Bissen, in kleinen Schlucken.

Er sprach nicht. Seine grauen Augen waren jetzt ausdruckslos. Er bewältigte eine wichtige Aufgabe, die ihn völlig in Anspruch nahm.

Zum Teil lag es an dieser Verhaltensweise, die er gewohnt zu sein schien, wie sich in den folgenden Tagen zeigte, daß María Concepción seine Heldentat vom ersten Abend – «die Nacht der lebenden Leiche» nannten sie es später scherzhaft untereinander – relativierte und schließlich darin nicht mehr sah als die normale Leistung eines Jungen, der keiner mehr war.

Er zeigte ihr, daß er seine Mahlzeit beendet hatte und daß sie den Teller abräumen konnte.

«Jetzt werde ich schlafen.»

So vergingen die Tage. María Concepción wechselte die Verbände, reinigte die frischen Narben, wusch ihn, entfernte die Laken, bezog das Bett frisch, ging hinunter, um einzukaufen, bereitete Mahlzeiten, beobachtete, wie er schweigend aß, die Augen verloren ins Leere gerichtet, als wäre er nur noch ein junger Körper, der mit seiner Wiederherstellung beschäftigt ist.

Eines Morgens bat er sie, ihm beim Aufstehen zu helfen, damit er zur Toilette gehen konnte. Er war sehr schwach und sehr schwer für die zarte Gestalt María Concepcións. Wieder zurück im Bett zog er die Brieftasche hervor, die er von jetzt an unter seinem Kopfkissen verwahrte, und entnahm ihr einen weiteren Fünfhundertfrancschein.

«Kaufen Sie mir einen Stock oder eine Krücke.»

Sie kaufte ein Paar Krücken. Er benutzte nur eine davon, klemmte sie sich unter die Achsel, und in wenigen Sekunden war er so beweglich, als vollführte er irgendein akrobatisches Kunststückchen. Die Verstauchung ging sehr schnell zurück, und die mit Zwirn genähte Schnittwunde an seinem Oberschenkel schien ihn nicht zu schmerzen. Zwei Tage später stand er ohne Krücke auf und traf eine Vereinbarung mit María Concepción: Er würde das Mittagessen zubereiten, sie das Abendessen; jeden zweiten Tag würde er sich um das Frühstück kümmern.

Er kochte so, wie er aß: ohne überflüssige Bewegungen, mit der Präzision eines Chemielaboranten.

Zwei- bis dreimal pro Tag telefonierte er. Er rief pausenlos dieselbe Nummer in der Provinz an. Es nahm nie jemand ab.

Wenn er aufgelegt hatte, ließ María Concepción einige Minuten verstreichen, dann ging sie zu ihm in das Zimmer. Mit dem Telefon auf dem Bauch starrte er zur Decke.

«Dschal mischto, María Concepción?» fragte er sie eines Tages.

Er fügte hinzu:

«So fragt man, ob es jemandem gutgeht.»

«Ja», sagte sie.

«Dann antwortet man: dschala.»

Sie wiederholte:

«Dschala.»

«Sehr gut. Wie sagt man das im argentinischen Spanisch?»

Am Abend, als sie sich neben ihm ausstreckte, schlief er noch nicht. Er befragte sie nach dem

Appartement, den Photos an der Wand, Argentinien, Juan Uruti. Sie hatte sich lange eingeredet, sie könne ihre Erinnerungen nie mehr in Worte fassen und schon gar nicht einem anderen Menschen anvertrauen.

Sie schenkte ihm ihr Vertrauen. Sie erzählte ihm von den Pferden, von Juan, von ihrer Ehe, von ihrer Hazienda, eine Tagesfahrt mit dem Auto entfernt vom nächsten Nachbarn, drei Tagesritte mit dem Pferd. Sie entdeckte die Freude am Erzählen, die Freude daran, plötzlich aus dem Schlupfwinkel ausgebrochen zu sein und sich Jahre, Tausende von Kilometern entfernt wiederzufinden, als erlebte sie all das noch einmal, als ginge es nicht um Vergangenheit und Tod, als hätte jede Begebenheit, von der sie erzählte, ein Morgen vor sich, von dem sie nichts wußte, außer daß es kommen und so sein würde, wie sie es sich wünschte.

«Das ist ein schönes Leben» sagte er.

Es war Nacht. Sie hatten kein Licht angemacht. Motoren näherten sich dem Fenster, ließen die Scheiben zittern, entfernten sich.

«Und du?» fragte María Concepción.

«Dschala», antwortete er.

Sie wagte nicht weiterzufragen.

Eines Nachts schlief er mit ihr.

Sie wehrte sich kaum, nur so lange bis sie erkannte, daß ihre Gründe albern waren. Geziere. Du bist alt, du Närrin, hast dich zu viele Jahre zurückgezogen, er ist jung, und er ist schön. Aber auch du bist schön gewesen, bist jung gewesen, auch er wird eines Tages alt sein – falls er so alt wird. Nur die Zeit trennt euch, und du weißt sehr wohl, daß die Zeit – fünfundzwanzig Jahre – dich nie von Juan hat trennen können. Also?

Der andere mögliche Grund sich zu wehren, wäre die Befürchtung, er könne sie in die Arme nehmen, sie zärtlich streicheln, sie lieben, um sie zu bezahlen für das, was sie für ihn getan hatte. Aber sie hatte ihn essen, kochen, sich mit einer Krücke bewegen sehen, ihn laufen sehen «wie einer, der von den Toten aufsteht» und gesehen, wie er stumm blieb, sobald es um ihn ging. Wegen all dieser Dinge und auch dank der Intuition, die sie im Laufe der Zeit entwickelt hatte, glaubte sie nicht, er würde mit ihr schlafen, um sie zu belohnen, und dabei an eine andere Frau denken. Dieser Junge, davon war sie überzeugt, tat genau das, was er tat. Nicht mehr und nicht weniger. Und jetzt schlief er mit ihr, mit ihr allein, mit ihr, María Concepción Uruti.

Und immerhin hatte sie einen ausgezeichneten Grund, sich nicht zu wehren: Sie liebte ihn. Das hast du jetzt davon, du alte Närrin, du hast dich verliebt, und das tut gut, wenn man jahrelang nur damit beschäftigt war, sich das Leben abzugewöhnen.

Es gab noch andere Nächte, in denen sie miteinander schliefen. Tagsüber sprachen sie nicht darüber. Er siezte sie weiterhin. Wenn sie sich küßten, spürte sie mit ihrer Zungenspitze die schräge Bruchkante des Schneidezahns.

Er hatte sie um einen Spiegel gebeten, verzog das Gesicht, als er sich darin sah, und verkündete:

«Ich werde die Fäden herausziehen.»

Sie brachte ihm die kleine silberne Nähschere. Er

schnitt die Fäden Stich für Stich auf, entfernte die Fadenstückchen. Einige waren verkrustet und brachten die Wunde zum Bluten. Sie hielt den Spiegel. Er tupfte sich die Augenbrauen mit einem alkoholgetränkten Wattebausch ab, bewunderte sich mit gespielter Ungläubigkeit, witzelte:

«Ich sehe aus wie ein Boxer, der ständig nur verliert.»

Dann strich er mit seinem Handrücken sacht über die Wange von María Concepción:

«Danke», sagte er zu ihr.

Er reichte ihr die Schere, drehte sich auf den Bauch:

«Jetzt die Fäden im Oberschenkel. Sie sind dran.»

Die Verstauchung war geheilt, die Narben verblaßten, die Lippen hatten schon lange ihre Form wieder, von den Blutergüssen waren nur noch schwache gelbliche Schatten zu sehen. Ange zog einen neuen Geldschein aus seiner Brieftasche.

«Kaufen Sie mir Hanteln.»

Auf einem Blatt Papier malte er ihr die Hanteln auf, die er haben wollte, und auch die Anzahl und das Gewicht der gußeisernen Scheiben.

«Lassen Sie sie liefern. Die sind zu schwer für Sie.»

María Concepción kaufte sie im BHV*. Bei dieser Gelegenheit sah sie den Fluß nicht nur wieder, sie überquerte ihn sogar.

Es war ein klarer und frostiger Januartag. Mitten auf dem Pont d'Austerlitz blieb sie stehen. Sie versuchte zu begreifen, warum sie sich seit fünfundzwanzig Jahren in ihrem Appartement verkrochen

---

* «Bazar de l'Hôtel de Ville»: Name eines großen Kaufhauses.

hatte. Ein Vater schob ein Baby in einem Kinderwagen. Dutzende Autos fuhren langsam aneinander vorbei. Ein Schleppkahn glitt über das Wasser. Die Bäume im Jardin des Plantes verschränkten ihre schwarzen Äste ineinander. María Concepción fand keine Antwort auf ihre Frage.

Der Verkäufer im BHV hatte seinen Spaß, als sie die Hanteln auswählte.

Sie kehrte nicht direkt in ihr Viertel zurück. Sie überquerte den Fluß beim Pont-au-Change, lief die Uferpromenaden entlang bis zum Pont d'Austerlitz, ging noch einmal hinüber. Sie lief hinunter zum Port d'Arsenal, folgte dem Wasser so weit wie möglich, fast bis nach Hause, wo der Junge auf sie wartete, den sie liebte.

Sie bemerkte weder den schwarzen Audi, der vor dem Laden mit den elektrischen Eisenbahnen und Modellautos geparkt war, noch in der Passage Thiéré die beiden Zigeuner im Dreiteiler, die den Bauzaun entlangkamen.

ZWEI

Eines Morgens wachte María Concepción allein in dem breiten Bett auf. Ange hatte ihr eine Nachricht ans Kopfkissen geheftet: *Merci.*

Sie weinte. Später, als sie ihre Tränen getrocknet hatte, machte sie sich einen Matetee, setzte sich vor das Fenster ihres Zimmers und betrachtete wieder die Baustelle.

Ange stieg am Gare d'Austerlitz in einen Zug. Er trug eine pelzgefütterte Lederjacke, Levis und Stiefel, die María Concepción für ihn gekauft hatte. Bis auf seinen noch verbundenen rechten Arm hatte er seine Kräfte vollständig wiedererlangt.

Der Zug rollte den ganzen Tag Richtung Süden.

Am späten Nachmittag kam er in eine Stadt. In einem Blumenladen kaufte Ange einen Strauß roter Rosen; bei einem Feinkosthändler eine Flasche Champagner. Er ging auch bei einer Apotheke vorbei.

Gegen neun Uhr, nachdem er in einer Pizzeria zu

Abend gegessen hatte, ging er langsam Richtung Rue de Majorque. Der Nordwind, die Tramontana, war heftig und kalt.

Ange postierte sich im Dunkel eines überdachten Eingangs gegenüber der Nummer 54, einem alten herrschaftlichen Stadthaus, und wartete. Ab und zu war hinter den Gardinen eines erleuchteten Fensters im ersten Stock flüchtig und grau der Umriß eines Schattens zu erkennen. Ange wußte, daß von den drei marokkanischen Dienstboten nur die Köchin in dem Haus schlief. Die beiden anderen beendeten ihren Dienst um zehn und gingen dann nach Hause.

Was sie um zwanzig nach zehn auch taten: Der Mann und die Frau verabschiedeten sich mit einer knappen Handbewegung voneinander und verschwanden in entgegengesetzter Richtung.

Ange überquerte die Straße, in der Hand den Rosenstrauß und die Flasche. Er tippte den Eingangscode des Hoftors ein, drückte gegen die kleine Eingangstür, die sich in dem großen Eichenportal öffnete, ging durch den Garten, klingelte an der Tür mit den Milchglasscheiben. Nach einigen Sekunden erschien hinter den Scheiben ein Schatten.

Der Concierge, eine Serviette in der Hand, suchte mit seiner Zungenspitze noch zwischen Eck- und Schneidezahn nach einem Essensrest, fragte dann, mit spanischem Akzent:

«Sie sind wieder da?»

«Ich werde erwartet.»

Der Concierge musterte den Jungen:

«Monsieur ist noch nicht zu Hause», sagte er.

«Ich weiß.»

«Ich sag oben Bescheid, daß Sie da sind.»

Ange schwenkte mit einer Hand die roten Rosen, mit der anderen die Flasche und – zwischen zwei Fingern gefaltet – einen Fünfzigfrancschein:

«Auf gar keinen Fall. Das soll eine Überraschung sein.»

Der Concierge zögerte, ließ ihn dann vorbei, nicht ohne zunächst den Geldschein genommen zu haben.

«Gehen Sie hinauf.»

«Danke.»

Eine immense Eingangshalle, an den Mauern überall riesige Spiegel. Auf der linken Seite schwang sich die herrschaftliche Treppe majestätisch nach oben. Auf halber Höhe überzeugte sich Ange im Spiegel, daß der Concierge in seine Loge zurückgekehrt war. Dann beschleunigte er den Schritt, passierte das Zwischengeschoß und stieg bis in die dritte Etage.

Sobald das Licht ausging, setzte er sich auf eine Treppenstufe. Die Rosen und den Champagner legte er neben sich.

Nach halb zwölf wurde er ungeduldig. Er horchte im Dunkeln auf Geräusche. Nichts zu hören. Um Mitternacht traf er eine Entscheidung. Er lief die Treppe wieder hinunter zum Zwischengeschoß, legte die Rosen neben die Tür, zog sein Halstuch hervor, wickelte die Flasche Champagner darin ein, holte tief Luft und klingelte.

Es dauerte sehr lange, fand er, bis ein Riegel ratschte, ein Schloß schnarrte, bis eine schläfrige Stimme schimpfte: «Immer wenn ich früh ins Bett geh, mußt du deinen Schlüssel vergessen», und bis die Tür sich einen Spalt zu öffnen begann.

Ange stieß den Türflügel mit der Schulter auf. Es erklang ein Schrei (Überraschung? Schmerz?), er stürzte in die Diele und stand einer großen rothaarigen Frau im Seidennegligé gegenüber, die sich die Schulter hielt, «Du bist das?» sagte und dann nichts mehr. Ange verpaßte ihr mit der ins Halstuch eingewickelten Flasche einen Schlag an die Schläfe, sie gab einen gurgelnden Laut von sich, verdrehte die dunkelblauen Augen und kippte hintenüber.

Er holte die Rosen vom Treppenabsatz, schloß die Tür wieder hinter sich, stieg über die ohnmächtige Frau hinweg, durchquerte die Diele, betrat einen Salon, dessen Flügeltür durch einen weiteren Salon in einen dritten Salon führte, setzte die Flasche und die Blumen auf einem niedrigen Rauchglastisch ab, sah sich um, stopfte das Halstuch in die Tasche seiner Jacke, sah auf seine Uhr: 00:04, fuhr sich mit der Hand über die Stirn, atmete tief durch, ging neben der Frau in die Hocke, schwang sie wie ein Stück Wild über seine Schulter, trug sie durch die drei Salons bis ins Schlafzimmer, legte sie der Länge nach aufs Bett, zog ihr das Negligé aus, das er sorgfältig über den Stuhl des Frisiertischs breitete, kam zu ihr zurück, betrachtete sie einen Augenblick (ihren Körper, seine Wärme, den Duft, den Geschmack, den er auswendig kannte), fuhr hoch, holte tief Luft, ging dann zum Frisiertisch, nahm sich eine Handvoll Watte, zog aus seiner Tasche die Flasche mit dem Chloroform, die er vorher in der Apotheke gekauft hatte, tränkte die Watte damit, kehrte zum Bett der Frau zurück und packte ihr die Watte mit dem aggressiven Geruch auf Nase und Mund.

Sie wehrte sich fast eine Minute lang.

Als sie sich nicht mehr rührte, war Ange schweißgebadet.

Wieder durch die Salons: zunächst, um den Champagner und die Rosen zu holen, dann Richtung Eßzimmer, das er ebenfalls durchquerte, um in den verwinkelten Flur zu gelangen, der ihn in die Anrichte führte. Er warf den Champagner und die Rosen in den Müll, vergewisserte sich, daß der Dienstboteneingang offen war, warf einen kurzen Blick auf die Treppe, kehrte zurück. Er öffnete mehrere Schubladen des Buffets, entschied sich für ein langes Tranchiermesser.

Er machte alle Lampen aus mit Ausnahme der hellen am Bett, deckte die rothaarige Frau bis zum Kinn mit dem Bettuch zu, setzte sich vor den Frisiertisch, schlug die Beine übereinander, fuhr sacht mit dem Nagel über die Schneide des Messers.

Es war halb eins, als er hörte, wie sich das Hofportal öffnete. Leise lief er bis zu einer der Fenstertüren im dritten Salon, dem größten, dem beigefarbenen, sah zu, wie der gelbe Porsche in den Hof fuhr, die Zwergpalmen streifte, wendete, dann mit der Schnauze vorwärts vor dem Garagentor hielt.

Ein Mann stieg aus – groß, breit und dick –, öffnete die Garagentüren und stand plötzlich im vollen Licht der Scheinwerfer.

Als der Porsche in der Garage stand, entfernte sich Ange von der Fenstertür, vergewisserte sich, wo sich der Schalter für den Kronleuchter im dritten Salon befand und kehrte ins Schlafzimmer zurück. Er legte das Tranchiermesser auf den Frisiertisch zwischen die

Cremetöpfe und die Schminke, kam zurück in den Salon und zog aus dem Gürtel seiner Jeans einen Revolver. Eine alte Smith & Wesson, die er im Schrank von María Concepción entdeckt hatte. Ohne Patronen.

Mit der Waffe im Anschlag stand er im Dunkeln neben dem Eingang zum dritten Salon, die Hand auf dem Lichtschalter.

Er hörte die Eingangstür nicht, sah aber das Licht in der Diele und dann eine Silhouette, die sich dort in dem hellen rechteckigen Ausschnitt der Tür zum ersten Salon bewegte, auftauchte und wieder verschwand. Ange richtete den Lauf seines Revolvers nach oben.

Der Mann streckte sich wie eine Katze, zog seinen Lodenmantel aus, sein Jackett, löste seine Krawatte, drehte sich um und lief in Richtung Badezimmer.

Ange holte tief Atem. So war es nicht geplant. Der dicke Mann zog sein Hemd aus und warf es auf einen Stuhl in der Diele, bevor er ins Badezimmer ging. Ange entspannte sich.

Er lief durch die drei Salons, dann durch die Diele, blieb hinter der halboffenen Tür zum Bad stehen. Er bewegte sich nicht, bis er das Wasser hörte und sicher war, daß der Mann unter der Dusche stand. Dann trat er ein und schloß laut die Tür.

«Schläfst du nicht?» fragte der Mann hinter dem Plastikvorhang. «Diese Tagung war tödlich. Ich könnte gleich eine kleine Massage gebrauchen. Du kannst das so schön.»

Ange stellte sich mitten ins Bad, sah die Unterwäsche, die Hose, die Schuhe und Socken auf den Fliesen neben dem Marmorbidet, richtete die Waffe auf den undeutlichen Schatten hinter dem durchscheinenden Vorhang.

«Bist du sauer, Schatz? Wenn du glaubst, daß mir das Spaß macht, diese Tagungen ...»

Der Mann drehte das Wasser ab, sein Arm, weiß, behaart, plump, tauchte hinter dem Vorhang auf, tastete nach einem rot-blauen Bademantel.

«Und stell dir vor, morgen geht das weiter! Ich kann da unmöglich wegbleiben», sagte der Mann.

Die Stimme eines Lügners, dachte Ange.

Der Mann zog den Duschvorgang zur Seite. Schwarze nasse Haare hingen ihm tropfend in die Stirn.

«Keine Bewegung.»

Der Mann hatte bereits ein Bein und seinen dicken Wanst über den Rand der Wanne gehievt. Er wischte sich hastig mit dem Ärmel des Bademantels über die Augen.

«Du bist das?»

«Und jetzt kommen Sie da raus. Langsam.»

Der Mann hob die Arme, lächelte. Blickte starr in die Mündung der Smith & Wesson.

«Mach keine Dummheiten.»

«Raus da.»

«Hör mal ...»

«Raus da!»

«Ist ja gut, ist gut. Ich komm raus.»

Er hob das andere Bein aus der Wanne. Er lächelte, aber sein Kinn zitterte.

«Weißt du», sagte er, »Weiss hat es mir erzählt. Er hat übertrieben.»

«Gehen Sie in den Salon. Los.»

«Und meine Frau?»

«Sie bekommen Sie schon wieder. Warten Sie. Ziehen Sie den Bademantel aus.»

Mit entsetzter Miene zog der Mann beide Seiten des langen Frotteekragens über seiner Brust zusammen.

«Das ist lächerlich. Auf keinen Fall ...»

«Ausziehen. Beeilen Sie sich.»

Der Mann wandte ihm den Rücken zu und zog seinen Bademantel aus. Seine Haut war weiß, seine Beine und seine Hinterbacken mit schwarzem Flaum bedeckt. Oberhalb der Hüfte war er unbehaart – Bauch und Brust fahl, schlaff.

«Vorwärts.»

Der nackte Mann gehorchte.

«Hinsetzen, da», sagte Ange und zeigte mit dem Lauf seiner Waffe auf ein Ledersofa.

Der nackte Mann setzte sich. Ein merkwürdiger Anblick, dieser dicke nackte Mann im protzigen Ambiente dieses Salons.

«Jetzt werde ich Ihnen ein paar Fragen stellen. Und Sie antworten so exakt wie möglich.»

«Ja», sagte der dicke nackte Mann wie ein schüchterner kleiner Junge, der nach vorn zum Lehrer muß.

Die Fragen und die Antworten darauf dauerten keine fünf Minuten. Die Fragen waren knapp, die Antworten hatten die knappe Präzision eines Polizeiberichts. Der dicke Mann bemühte sich. Ihm war kalt.

«Sehr gut», sagte Ange.

Der dicke Mann lächelte mit der grenzenlosen Naivität eines Berufslügners, der ausnahmsweise die Wahrheit gesagt hat.

«Ich bin kooperativ. Siehst du?»

«Stehen Sie auf.»

Der dicke nackte Mann lächelte nicht mehr, fuhr sich mit der Zunge über die Lippen.

«Die ganze Sache ist wirklich sehr unschön. Ich kann verstehen, daß du sauer bist.»

«Stehen Sie auf.»

«O.k.»

«Ins Schlafzimmer. In Marthes Schlafzimmer.»

«Weiss hat Scheiße gebaut. Ich habe ihm das gleich gesagt.»

«Vorwärts.»

«Die ganze Sache hat nichts mit mir zu tun. Wieso gibst du mir die Schuld?»

«Halten Sie den Mund.»

Sie erreichten den zweiten Salon. Plötzlich drehte der dicke Mann sich um.

«Und meine Frau? Wo ist meine Frau?»

«Vorwärts.»

«Ich gehe keinen Schritt mehr, bevor du mir nicht geantwortet hast.»

«Von mir aus», sagte Ange und spannte den Schlagbolzen der Smith & Wesson.

Der dicke Mann fuchtelte mit den Armen.

«Reg dich nicht auf, um Gottes Willen.»

«Dann vorwärts.»

«O.k.»

Der Mann zögerte eine Sekunde wie benommen und bewegte sich dann abrupt in Richtung des dritten Salons.

«O.k.», wiederholte er.

Sie betraten das Schlafzimmer.

«Schatz?» sagte der nackte Mann. «Schatz?»

«Lassen Sie sie in Ruhe. Gehen Sie um das Bett herum. Legen Sie sich neben sie. Auf den Bauch.»

Der nackte Mann gehorchte mit Mühe: Der dicke Bauch drückte sich in die Matratze und ließ die flachen, haarigen Hinterbacken deutlich hervortreten. Während Ange zum Frisiertisch ging, um das Tranchiermesser zu holen, konnte er es nicht lassen, seine Frau zu berühren.

«Schatz?»

Ange drehte sich um, das Messer fest in der Hand. Er sah den haarigen Hintern des Mannes und seine Hand, die mit einem Ruck die rothaarige Frau aufdeckte.

«Aber sie ist ja…! Aber sie ist ja…!» brüllte der dicke nackte Mann und rollte sich genau in dem Moment auf den Rücken, als der über ihm stehende Ange mit dem Messer ausholte.

«Haben Sie gesehen?» sagte Ange tadelnd.

Er zog das Laken weg, mit dem der Mann in seinem Entsetzen versucht hatte, sich zu schützen. Er deutete mit der Spitze des Messers auf den großen gelben, feuchten Fleck.

«Sie haben ins Bett gepinkelt. Das ist nicht schön.»

Das Dreifachkinn des Mannes zitterte.

«Ich hoffe, Sie schämen sich?»

Ange setzte ihm die Schneide des Messers ans Kinn – an seine drei Speckfalten.

«Sagen Sie: Ich schäme mich.»

«Ich…, ich schäme mich», stammelte der Mann.

«Sagen Sie: Ich habe ins Bett gepinkelt.»

«Ich habe ins…»

«Nein. Sagen Sie lieber: Ich bin so ein Feigling, daß ich ins Bett gepinkelt habe. Sagen Sie das.»

Der Mann schloß die Augen. Er atmete in kurzen Zügen.

«Ich bin so ein Feigling», wiederholte er, «daß ich ins Bett gepinkelt habe.»

«Sehr gut.»

Ange nahm das Messer weg. Der Mann machte die Augen wieder auf.

«Was bringt dir das, dieses ..., dieses Theater?»

«Und Ihnen, was hat es Ihnen gebracht?»

Der Mann blickte zwischen dem Messer und Anges Gesicht hin und her. Seine Zungenspitze, rosa wie eine Vulva, rieb unaufhörlich über seine Oberlippe.

«Ich hätte Weiss nicht anrufen sollen. Du hast recht. Aber wie hätte ich ahnen können, daß er ...?»

«Ruhe!»

«Ich bedauere ...»

«Nein. Sie sind ein Lügner und ein Feigling. Von den restlichen Sachen wollen wir gar nicht erst reden ...»

«Laß uns das alles vergessen. Ich sage morgen nichts der Polizei. Weiss auch nichts. Und ..., und ich helfe dir.»

«Bei was?»

«Was du willst. Wieder ein normales Leben anfangen. Irgendwo anders.»

«Normal? Wieviele Jahre lang haben Sie mir ständig erzählt, das, was ich mache, sei normal?»

«Ich wollte dir die Sache leichter machen. Und schließlich hat es uns doch allen gefallen, oder?»

«Halten Sie den Mund.»

«Ange ...»

«Halten Sie den Mund.»

Die Messerspitze schnitt in das Dreifachkinn. Ein Tropfen Blut lief herab.

«Ich bin still.»

«Klar. Versuchen Sie nur, die Polizei zu benachrichtigen, morgen. Erzählen wir ihnen von unserem Leben. Unserem normalen Leben.»

«Du hast recht», sagte der Mann. Und wiederholte noch dreimal: «Du hast recht.»

Er hatte die Augen wieder geschlossen.

«Drehen Sie sich wieder auf den Bauch. Gut. Hände auf den Rücken.»

Er zwang ihn, das Chloroform einzuatmen.

«Ich muß kotzen», jammerte der Mann. «Ich werde ersticken.»

Dann schnitt Ange das Bettlaken in breite Streifen und fesselte den Mann und die Frau.

Kurz bevor er das Bewußtsein verlor, murmelte der Mann:

«Laß die Finger von Weiss. Du hast keine Chance.»

DREI

Ange flüchtete sich zu Sumac.

Nur er sagte Sumac zu ihm. Er fand, Sumac, der sich selber Camus nannte, besaß die Hautfarbe und die priesterhaften, asiatischen Gesichtszüge eines Inkas.

«Ich dachte, dich sehen wir nie wieder.»

«Ich muß irgendwo schlafen.»

«Kein Problem.»

Sumacs Appartement bestand aus vier oder fünf ehemaligen Dachkammern für Dienstboten, ohne die Bretterwände dazwischen. Ein absurdes Atelier, ohne Glasdach oder Licht, in dem man sich kaum bewegen konnte, so schräg waren die Wände.

«Du bist nicht tot?»

«Hat das jemand erzählt?»

«Du sollst nach Paris gegangen sein. Arbeiten.»

«Jetzt bin ich wieder da.»

Sumac öffnete den großen Wandschrank, nahm eine Schaumgummimatratze heraus, rollte sie auf dem Fußboden aus:

«Ich habe immer gewußt, daß du blöd bist, warst du schon als Kind.»

Ange zog seine Stiefel aus, legte sich hin, verschränkte die Hände im Nacken. Sumac hockte sich daneben, begann, sich sorgfältig einen Joint zu drehen.

«Liefert Weiss dir das Zeug?»

«Ich bin bloß einer von seinen kleinen Dealern. Bloß der kleine Camus, der drei Gramm dealt und dafür vier Gramm raucht.»

«Mit wem hast du Kontakt? Zorro oder Mercé?»

«Langsam, Kumpel. Wenn ich was hasse, dann Ärger. Vor allem mit Weiss. Komm mir nicht, ich soll dir helfen.»

«Ich hab dich noch um nichts gebeten.»

«Nein. Du willst bloß bei mir übernachten. O.k.»

«Ist das zuviel?»

«Ich muß meine Miete bezahlen, mein Freund. Und mir ab und zu was gönnen. Ich kann meinen Arbeitgeber gut gebrauchen.»

«Dein Arbeitgeber ist ein Arschloch.»

«Ein großes Arschloch. Ganz groß. Ich bin ein kleines Arschloch. Ganz klein. Zwei Weltanschauungen.»

«Hilfst du mir?»

«Was glaubst du?»

Ange schlief ohne Unterbrechung durch, tief und ruhig. Er träumte nicht. Sein Körper war wie eine Maschine: ein, aus. Wenn er etwas gelernt hatte, dann das.

Sumac weckte ihn mit einem Glas Kaffee.

«Ich treffe mich gleich mit Zorro. Was willst du wissen?»

«Ob Dara im Landhaus ist.»

«Klar. Vielleicht auch noch ihr Photo?»

«Ich bin einmal erwischt worden. Zweimal kriegen die mich nicht.»

Sumac drehte sich seinen morgendlichen Joint.

«Das läßt sich nicht vermeiden, Kumpel, trotzdem. Ich hab mich in meinem Leben sechsunddreißigtausendmal erwischen lassen. Und das nächste Mal kommt bestimmt auch noch.»

Ange antwortete nicht. Sumac ließ ihn nicht aus den Augen:

«Du machst mir Angst, mein Junge. Aber das Problem ist: Glaubst du, du machst Weiss Angst? Ich meine, vor wem hat Weiss schon Angst?»

«Einmal ist immer das erste Mal.»

Er rührte sich nicht aus dem Appartement, solange das schmutzige Winterlicht sich an den Fenstern rieb. Er lag ausgestreckt auf der Matratze, völlig regungslos, die Hände im Nacken, und betrachtete die Decke. Er stand nur mittags einmal auf, machte sich etwas zu essen und aß mit der präzisen Konzentration eines Leistungssportlers.

Als es dunkel wurde, war Sumac noch nicht wieder zurück. Ange zog sich an: Stiefel, Jeans, Jacke. Er fand eine alte Baseballmütze im Schrank, setzte sie auf. Vor dem Spiegel zog er den Schirm ein bißchen tiefer in die Stirn.

Seinem Arm ging es besser. Bald würde er ihn benutzen können.

Er griff zum Telefon.

«María Concepción? Ich bin es, Ange.»

Stille. Er hörte jemanden atmen.

«Ange», wiederholte er. «Haben Sie mich vergessen?»

«Ich ..., ich bin es nicht gewöhnt, ans Telefon zu gehen, etwas zu sagen.»

«Dschal mischto?»

«Dschala. Was machst du?»

«Der Tote ist auferstanden», sagte er lachend, «und er kann wieder laufen».

«Weiß er wenigstens, wohin er geht?»

«Er weiß, wohin er gehen muß.»

«Paß auf dich auf.»

«Machen Sie sich keine Sorgen. Ich habe schon vor, Sie wiederzusehen. Werden Sie auf mich warten?»

«Ja. Ich warte auf dich.»

Ange ging auf die Straße hinaus in die graue, hetzende Menschenmenge der Rush-hour, frierende Schatten auf den Trottoirs.

Die Einzimmerwohnung war nicht weit entfernt, nur ein paar Wohnblocks. Zunächst vergewisserte er sich, daß niemand ihm verdächtig vorkam. Aber das war sinnlos. Jeder x-beliebige konnte für Weiss arbeiten. Er überquerte die Straße, betrat das Gebäude. Er klopfte nicht an die Tür. Er lauschte. Nichts zu hören. Er sah genau hin. Kein Lichtstrahl. Er steckte den Schlüssel ins Schloß, öffnete.

In der Wohnung war es genauso kalt wie auf der Straße. Ange schloß das Fenster, zog die Vorhänge zu. Trotz der Dunkelheit lief er wie eine Katze bis zur Kochnische, seine Hand fand sofort die Schublade und in ihrem Innern die Taschenlampe.

Als er sie einschaltete, enthüllte der weißliche Strahl ein Poster auf der weißen Wand: Zwei junge Leute küßten sich auf einer Terrasse. Ein junger Kellner, auf einen Besen gestützt, sieht zu. Ange dachte: Der Kellner sieht aus wie Weiss. Dann: Blödsinn.

Er ließ das Licht der Taschenlampe durch das Appartement wandern. Alles schien so anonym, so verlassen. Er fuhr mit den Fingerspitzen über den Fernseher, zeichnete dort im Staub ein Herz, wischte es beschämt wieder aus.

Im Badezimmer öffnete er den Arzneischrank, suchte hinter den Medikamenten, den Schachteln mit dem Verbandszeug, dem Mobilat, dem Jod und fand schließlich die Keksdose. Eine Dose aus Metall, mit Bretoninnen in Trachtenhauben, die ihm vom Deckel und von den Seiten zulächelten.

Er nahm ein Bündel Briefe heraus.

Er stellte die Dose wieder zurück. Er wollte das Badezimmer gerade verlassen, blieb abrupt stehen, wählte willkürlich irgendeinen Umschlag, zog ein Blatt daraus hervor und faltete es auseinander. Es begann wie eine Beschwörung:

Soledad, Sonne meiner Einsamkeit ...

Er faltete das Blatt wieder zusammen, steckte es in den Umschlag.

Dann kehrte er in die Küche zurück, ging in die Knie, suchte unter der Spüle, fand eine Spraydose mit Farbe.

Auf die weiße Wand links von dem Poster mit dem Liebespaar schrieb er in großen roten Buchstaben:

ICH BIN DA

Und rechts:

ICH KOMME

Er knipste die Taschenlampe aus, steckte sie zusammen mit dem Bündel Briefe in seine Jacke und verließ die Wohnung.

Sumac hatte den Ärmel seines Hemdes hochgekrempelt, seinen mageren Bizeps abgebunden und stieß sich eine Nadel in die Beuge seines Ellbogens.

«Du hattest es mir versprochen», sagte Ange.

«Das Versprechen eines Junkies», sagte Sumac, legte die Spritze auf den Fußboden und entspannte sich erleichtert.

«Ich sollte dir die Fresse polieren.»

«Du bist ein seltsamer Therapeut, mein Junge.»

Ange setzt sich neben Sumac auf den Fußboden. Dann stand er wieder auf, weil es kalt war und Sumac vergessen hatte, die Heizung anzumachen. Er drehte am Knopf des Gasofens. Hundert blaue Flammen entzündeten sich mit einem Fauchen.

«Gehst du nicht mehr zu deiner Psychologin?» fragte er.

«Ich bin einmal dagewesen. Die anderen Male habe ich nur erfunden, damit du dich freust. Ich meine…, damit du mich in Frieden läßt.»

«Ich verachte dich.»

«Kannst du dir sparen. Du kannst mich gar nicht so sehr verachten, wie ich das schon selber tue. Und außerdem, was hätte ich davon, wenn ich aufhöre. Was soll ich danach machen»?

«Alles tun, damit du da rauskommst.»

Sumac wurde von einem traurigen, eintönigen, asthmatischen Lachanfall geschüttelt.

«Du hast zu viele schlechte Filme gesehen, Kumpel. Und außerdem, wir sind verschieden, du und ich. Du suchst ständig Streit. Ich mach mir beim kleinsten Konflikt ins Hemd. Also ...»

Ange setzte sich wieder neben ihn.

«Hast du mit Zorro sprechen können?»

«Ja. Das ist Schwachsinn.»

«Wieso?»

«Salvat ist bei Weiss gewesen. Anscheinend hast du gestern abend irgendeine Nummer abgezogen, mit ihm und seiner Frau?»

«Na ja.»

«Auf jeden Fall bist du jetzt nicht mehr tot. Sie suchen dich. Und guck, daß du heute nacht woanders pennst und nicht mehr bei mir.»

Ange sprang auf.

«Ich bin schon weg.»

«Jetzt sei nicht sauer, mein Junge. Laß uns lieber vorsichtig sein. Wenn du bleibst, verpfeif ich dich garantiert an Weiss. Ich könnte gar nicht anders.»

«Und Soledad?»

«Sol ...? Ach ja, Dara ... Nach dem, was Zorro sagt, ist sie im Landhaus.»

«Danke. Salut, Sumac.»

«O.k. Jetzt geh. Sonst mach ich mir noch in die Hosen vor Angst. Sorry, o.k.? Jeder ist sich selbst der Nächste.»

Ange, der inzwischen an der Tür war, machte kehrt:

«Jeder ist sich selbst der Nächste? Du armes

Schwein, du Loser. Weiss will doch, daß du genau das denkst. Davon lebt er.»

Sumac spottete:

«Und wer schützt dich, du Schutzengel? Die Gewerkschaft der Loser, der Junkies und Nutten?»

Ange war nicht müde. Ein Monat bei María Concepción und ein Tag auf Sumacs Matratze hatten ihn – wie einen Motor, wie eine Maschine – wieder mit der Energie aufgeladen, die ihn seine ganze Kindheit hatte überstehen lassen.

Er hielt am Rand des Platzes inne – Palmen im Halbschatten, grell erleuchtete Cafés – und dachte nach: «Das ist der Unterschied». Der Unterschied zwischen Sumac und ihm: Jeden Tag war er sicher, morgen würde alles besser – auch wenn sich immer wieder herausstellte, daß jedes Morgen genauso öde, schmutzig, unerträglich war wie die Tage davor. Das war keine Weltanschauung: Das war einfach so. Etwas in seinem Kopf, in seinen Nerven, in seinen Muskeln weigerte sich zu akzeptieren, aufzugeben. Alles war morgen möglich.

Wieviele Morgen würde es noch geben?

Gar keines mehr, sagte er sich, als er den schwarzen Audi erblickte, der langsam um den Platz kreiste. Gar keines mehr, wenn du hier bleibst. Der Audi drehte seine Runden wie ein Wolf auf der Jagd. Um anzugeben, aber auch, weil er im Grunde so dachte, hatte er einmal zu Soledad gesagt: «Der Löwe lacht, wenn er die Wölfe sieht.» Ange ließ im Kino keinen Karate- oder Ninja-Film aus: Daher stammten die Sprüche, in die er seine Überzeugungen kleidete.

Seine Umrisse verschmolzen mit der Dunkelheit einer Toreinfahrt. Der schwarze Audi fuhr nur wenige Meter an ihm vorbei. José saß am Steuer. Zorro lümmelte sich auf der Rückbank. Man nannte ihn Zorro, weil er eine Schnauze hatte wie ein Fuchs und auch so roch.

Als der Audi sich entfernt hatte, machte Ange Bestandsaufnahme: Weiss wußte, daß er in der Stadt war, er konnte niemandem vertrauen und mußte sich auch noch verstecken.

Und ich bin sechzehn, fügte er in Gedanken hinzu.

Das klang wie eine Offenbarung. In seiner ganzen Kindheit – aber was für eine Kindheit – hatte er sein Alter nie berücksichtigt, weil es auch um ihn herum niemand getan hatte, höchstens unter wirtschaftlichen Gesichtspunkten. Er probierte den Satz noch einmal aus, laut:

«Ich bin sechzehn.»

Ein Gefühl, das er nicht kannte, ließ seine Augen brennen, verstopfte ihm die Nase. Er schniefte, wischte sich über die Lider.

«Ich bin», sagte er mit harter Stimme, «sechzehn».

Und wütend wiederholte er, rasend schnell:

«Sechzehnsechzehnsechzehnsechzehnsechzehn ...»

Bis die Worte, die Zahl, ihre Bedeutung verloren hatten.

Er löste den Verband, riß ihn von seinem linken Arm, warf ihn in den Rinnstein. Er winkelte den Ellbogen an und streckte ihn, ballte die Faust. Die Maschine funktionierte.

VIER

Er wußte, daß es nicht mehr weit war, als er auf ein unbefestigtes Trottoir kam und in Matsch einsank.

Eine Gegend, die er kaum kannte, mit spießigen Einfamilienhäusern und Wohnblöcken. Er erinnerte sich trotzdem an den Weg und das arglose Lächeln jener Studentin, die nicht mißtrauisch geworden war – wirklich nicht? –, als er sich für zwanzig ausgegeben hatte.

Die Studenten wohnten in einem Ghetto aus Plattenbauten. Nachdem er erst einmal den Eingang zum Gebäude A gefunden hatte, erkannte Ange das Treppenhaus wieder und wußte, wieviele Treppen er hochlaufen mußte und welche Tür es war.

Sie öffnete ihm, kaum hatte er geklopft. Sie sah aus wie in seiner Erinnerung: nicht sehr hübsch und nicht sehr groß, verunstaltet durch ein zu großes Jim-Morrison-T-Shirt, die Haare strähnig, nicht richtig blond, garantiert Spliß in den Spitzen – aber sie lächelte, mit den Augen, mit den Lippen und Zähnen. Ange wußte die Zusammenstellung, diesen Empfang zu schätzen: Jahrelang hatte er, wenn er über die Schwelle einer Tür trat, nur Zähne lächeln sehen –

während kalte Augen, in denen noch ein Rest von Angst flackerte und schon die Erregung, ihn auszogen.

«Störe ich dich?»

«Ich bin nur überrascht.»

Sie zögerten beide auf der Türschwelle, beobachteten einander. Schließlich trat sie beiseite und nickte in Richtung der sechs Quadratmeter ihres Zimmers.

«Komm rein.»

Er trat ein.

Er hatte schon so viele Wohnungen, Häuser und Hotels betreten, daß es ihm vorkam, als sei er zu Hause. Er ließ sich auf das schmale Bett fallen, das sie unter das Fenster gerückt hatte.

«Fühl dich wie zu Hause», sagte sie.

Er hörte die Ironie nicht.

«Wie heißt du?» fragte er.

Sie stand noch an der Tür. Sie sagte:

«Du heißt Jim.»

«Das stimmt. Das hatte ich dir erzählt.»

«Du heißt nicht Jim?»

«Ich hatte gerade *Die Schatzinsel* gelesen.»

Als sie fragend die Stirn runzelte, erklärte er:

«Jim Hawkins. So heißt der Held.»

«Das liest man mit zwölf.»

Sie setzte sich auf den einzigen Stuhl ihrer Studentenbude, Ange gegenüber. Sie musterte ihn.

«Du hast dich nie wieder gemeldet», sagte sie schließlich.

«Ich konnte nicht immer so, wie ich wollte.»

Sie nahm von ihrem Schreibtisch einen Kugelschreiber, schob die Mine rein, raus, rein, raus.

«Wie alt bist du?» fragte sie.

«Sechzehn.»

«Du hast gesagt zwanzig.»

«Hättest du mit einem sechzehnjährigen Pisser gepennt?»

Sie lachte. Es gefiel ihm, wenn sie lachte. Sie lachte ihn nie aus.

«Ich habe mit einem sechzehnjährigen Pisser gepennt», sagte sie.

«Du dachtest, ich wäre zwanzig.»

«Du warst sechzehn.»

«Man schläft mit den Leuten, die einem gefallen. Dir gefallen eben Typen, die sechzehn sind und aussehen wie zwanzig. Wo ist das Problem?»

«Du siehst nicht aus wie zwanzig, wenn man genau hinguckt.»

«Dann gefallen dir eben Typen, die zwanzig sind und aussehen wie sechzehn.»

«Du siehst auch nicht aus wie sechzehn.»

«Also war ich zwanzig.»

«Mit zwanzig ist man anders im Bett, nicht so wie du.»

«Nein? Wie denn?»

Sie lachte wieder:

«Ganz schrecklich! Außerdem bist du der erste Zwanzigjährige, mit dem ich geschlafen habe.»

«Mal davon abgesehen, daß ich sechzehn war.»

«Siehst du: Keine Frau, die ein bißchen Ahnung hat, geht mit einem Zwanzigjährigen ins Bett. Ich habe recht gehabt.»

Sie schliefen dicht aneinandergedrängt in dem engen Bett. Sie hatten sich bis spät in die Nacht unterhalten. Er hatte sie nach ihrem Studium gefragt und nach ihrem Leben. Er konnte Leute gut ausfragen. So gut, daß sie sich ihm anvertrauten, als wäre er ihr bester Freund, und vergaßen, ihm Fragen zu stellen. Sie hatten nicht miteinander geschlafen, hatten es ganz vergessen.

Ange wachte früh auf. Er stand behutsam auf, zog sich rasch an, kritzelte zwei Worte auf ein Stück Papier: *Bis bald.* Er ging. Sie schlief noch. Ihm fiel ein, daß er ihr seinen Namen immer noch nicht genannt hatte.

In einer Apotheke kaufte er eine Zahnbürste, Zahnpasta und ein Stück Seife. Er stieg die Treppe zur Bahnhofstoilette hinunter, wusch sich, fuhr sich mit den Fingern durch die Haare.

Bei einem Fahrradhändler in der Avenue de la Gare kaufte er ein Fahrrad, ein Mountain-Bike. Ein schönes rotes Gerät, kompakt wie ein junger Stier. Jetzt hatte er nur noch drei Fünfhundertfrancscheine. Er kannte die Stadt und ihre Schleichwege auswendig. Er fuhr eine lange, komplizierte Route, die ihn von bestimmten Stadtteilen, bestimmten Straßen, bestimmten Plätzen fernhielt, wo man ihn hätte erkennen können. Er mied die schmale Straße, die zwischen den Weinstöcken und den Gewächshäusern der Gemüsegärtner hindurchführte. Er folgte diversen Pfaden, fuhr querfeldein, rollte durch den lockeren Boden der Weinberge. Er liebte diese Strecke, diese Fahrt durchs Gelände in der feuchten Kälte des Morgens. Eine Zeitlang vergaß er darüber, daß er ein Ziel hatte. Er freute sich an seinem neuen Rad, an der Kraft seiner Muskeln, dem regelmäßigen Klang der Maschine und an seinem Atem. Er dachte an das Mädchen im

Wohnheim: weder zwanzig noch sechzehn; er war zwölf.

Das Landhaus war groß und weiß, es gab einen Haupt- und einen Seitenflügel, eine Umzäunung, einen Park, die nächsten Nachbarn waren mehrere Kilometer entfernt. Ange lehnte sein Rad an den Stamm eines Olivenbaumes und kletterte die Anhöhe hinauf: Auf der anderen Seite der schmalen Straße hatte er den Park im Blick und die Fassade des Hauses. Er legte sich dort oben auf die Lauer, und beobachtete.

Anscheinend war alles noch so, wie er es gekannt hatte: ein Mann auf der Treppe vor dem Haus postiert, zwei weitere im Innern des schwarzen Audis, der in der Auffahrt stand. Der weiße Mercedes wartete vor der Treppe. Das bedeutete zwei Dinge: Weiss hatte die Nacht hier verbracht, und er war im Aufbruch.

Ange zog ein paar Schokoriegel aus seinem Rucksack und schlang sie hinunter, dabei ließ er den Park und das Haus nicht aus den Augen.

Weiss erschien eine Stunde später. Die Haustür öffnete sich, der Posten ging zur Seite, Weiss – kleiner weißer, magerer Kopf über einem silbergrauen Pelzmantel – richtete die Augen prüfend auf den Park, dann weiter nach oben: Ange duckte sich in seinem Versteck.

Mit wenigen energischen Schritten war Weiss unten am Mercedes und sprang hinein.

Die weiße Limousine entfernte sich auf der schmalen Straße und zog den Audi in ihrem Kielwasser mit, wie ein Lotsenfisch.

Ange kettete sein Rad an eine Metallbank auf dem Universitätsgelände. Zwei Mädchen liefen vorbei. Er fragte sie, wo die Kantine sei. Sie platzten laut heraus.

«Kantine? Du meinst die Mensa?»

Es machte ihm nichts aus, er lächelte sie weiter an. Er hatte in ihrem Blick jenes Leuchten wiedererkannt, für das man ihn immer bezahlt hatte. Sie waren uninteressant und zu mager. Sie waren es, die zuerst den Blick senkten.

«Der Weg hinter dir», sagte die eine. «Du gehst über eine kleine Brücke, dann links ab und immer geradeaus.»

Die Universität erinnerte an eine billige Siedlung – viele Bäume und Wiesen, kleine, flache Gebäude.

Als er die Cafeteria betrat, überraschte ihn die Menschenmenge. Er gab sich Mühe, sich unter die Leute zu mischen. Er hatte vergessen, daß es solche jungen Leute gab, empfand ihre Unbekümmertheit, ihr grundloses Selbstvertrauen wie eine Ohrfeige – sie benahmen sich, als würden sie zur Pause auf den Schulhof gehen. Die Jüngsten waren zwei oder drei Jahre älter als er, aber Welten lagen zwischen ihnen. Er spürte die Blicke, die im Vorbeigehen an ihm haften blieben.

Er fand die Studentin oben in der Mensa. Sie saß an einem Tisch vor ihrem Tablett und war in Begleitung eines anderen Mädchens und eines Typen. Sie sah ihn von weitem, wie er sich zwischen den Tischen durchwand. Sie lächelte sofort und winkte ihn mit der Hand heran. Er bedauerte nicht mehr, daß er gekommen war. Es gab also doch Menschen, die so lächelten – wenigstens einen Menschen.

«Ißt du mit uns?» fragte sie. «Hol dir ein Tablett. Ich gebe dir einen Essensbon.»

Sie kramte in ihrer Segeltuchtasche, hielt ihm eine blaue Papiermarke hin. Er nahm sie nicht.

«Oh», sagte sie, «du hast recht. Sie prüfen die Studentenausweise. Ich geh für dich. Was willst du essen?»

«Egal, ich esse alles.»

Sie lachte:

«Es ist sowieso egal bei dem, was die uns immer vorsetzen.»

Er sah ihr nach, wie sie sich in Richtung Theke entfernte, wo Angestellte in weißen Kitteln die Mahlzeiten ausgaben. Sie hatte einen Gang wie ein Junge. Sie war nicht hübsch – außer ihrem Arsch und ihrem Nacken. Zwei Sekunden lang stellte er sich vor, was man an ihr ändern müßte, verbessern, damit sie ihm gefiele. Gleichzeitig fragte er sich, warum sie das nicht änderte, sich selbst verbesserte. Wollte sie nicht gefallen? Oder verstand sie nichts davon.

«Du bist kein Student?»

Die Frau, die ihm die Frage gestellt hatte, machte sich besser zurecht. Lippenstift, enge Klamotten, teuer. Ein selbstsicheres Lächeln. Ange warf einen Blick auf den Typen, der neben ihr saß, achtzehn oder zwanzig, mickrig, schlecht gelaunt, mit sorgsam gestylter Schmalzlocke in der Stirn. Er durchschaute die Situation sofort: ein Pärchen. Sie: galt seit der Oberschule als Schönheit, war Expertin in Fragen des anderen Geschlechts und hatte allzeit ihre unscheinbare beste Freundin im Schlepptau, weil sie neben der noch viel besser zur Geltung kam.

«Nein», sagte er. «Aber ich habe Hunger.» Er setzte sich der kleinen Angeberin gegenüber und fragte sich, wie jemand so blöd sein konnte, diese fünfundvierzig Kilo heller Einbildung jener Frau vorzuziehen, die gerade neben ihm Platz nahm und ein Tablett mit Steak und dampfendem Püree absetzte.

«Danke», sagte er. Er badete noch etwas in diesem friedlichen und warmen Lächeln, bevor er hinzufügte:

«Ich heiße Ange. Und du?»

«Béatrice.»

«Béa. Das gefällt mir.»

«Da bin ich ja froh.»

Das Mädchen gegenüber zog sie auf:

«Jetzt macht ihr euch erst miteinander bekannt?»

Béa errötete – zwei runde rote Flecken auf den Wangenknochen.

Ange beugte sich zu der kleinen Angeberin:

«Wenn man sich liebt», sagte er, «sind Vornamen nicht wichtig.»

Das Mädchen lachte jetzt stärker, wurde langsam unruhig.

«Du hast ihn mir verschwiegen», sagte sie zu Béa.

«Dann gleicht sich das ja aus», antwortete Ange.

«Was gleicht sich aus? Wieso?»

«Auf der einen Seite hat sie dir überhaupt nichts von mir erzählt, und auf der anderen Seite kommst du ihr mit diesem hübschen kleinen Wichser an.»

Das Mädchen lachte nicht mehr. Sie drehte den Kopf zu ihrem Freund, der einsah, daß er eingreifen mußte. Mit einer Bewegung seines Kinns warf er seine Sturmlocke gen Himmel und erwiderte:

«Was ist los? Gefällt dir meine Freundin? Willst du sie vögeln?»

«So schwul wie du aussiehst, kann sie ein ordentliches Stück Schwanz bestimmt vertragen.»

Die Locke flatterte nervös, während der Typ aufstand und dabei seinen Stuhl umwarf. Ange atmete tief durch. Er spürte, daß er das Bedürfnis hatte, sich zu prügeln – er war sich mehr oder weniger bewußt, daß dieser Typ kein Gegner war.

Béa legte eine Hand auf sein Handgelenk, hob die andere, mit offener Handfläche, in Richtung des Typen mit der Locke:

«Wißt ihr eigentlich, daß ihr euch benehmt wie zwei Vollidioten?»

Ange hatte die Unterarme fest auf den Tisch gestützt, beobachtete die blinzelnden, verstörten Augen des Typen.

«Ja», sagte er. «Ich bin ein Idiot».

Er holte Luft, atmete langsam wieder aus und fügte hinzu:

«Sorry.»

Der Typ fummelte dreimal an seiner Locke, zögerte, setzte sich wieder hin und knurrte:

«Scheiße.»

Stand wieder auf, mit dem Tablett. Die kleine Angeberin folgte ihm an einen anderen Tisch, nachdem sie Béa einen feindseligen Blick zugeworfen hatte.

«Mit dir kann man nirgends hingehen», sagte Béa.

«Kommt drauf an, wohin.»

«Warum hast du das gemacht?»

«Warum gibst du dich bloß mit denen ab? Mit dieser blöden Kuh und ihrem Dackel?»

«Ange…»

«Du bist viel zu schade für die.»

Er berührte mit den Fingerspitzen ihre Wange. Sie wich zurück. Dann akzeptierte sie die schnelle zärtliche Geste.

«Du bist jemand, Béa. Das gefällt mir.»

«‹Das gefällt mir.› Das sagst du oft. Ich glaube, du kannst auch ganz schnell hassen, oder?»

«Ja, manche Sachen gefallen mir, manche hasse ich. Dazwischen gibt es für mich gar nichts. Zwischentöne lernt man hier. Dir haben sie die bestimmt auch zu Hause beigebracht. Und gut beigebracht.»

«Woher willst du das wissen?»

«Das sieht man. Dein Vater und deine Mutter gefallen mir. Findest du das komisch?»

Sie lachte, sagte aber:

«Nein.»

Sie wurde wieder ernst, nüchtern, ganz plötzlich:

«Und deine Eltern?»

«Wen meinst du?»

Nachmittags hatte sie drei Stunden Unterricht, die sie schwänzte. Sie ging mit Ange zurück zu ihrem Zimmer im Wohnheim. Sie tat, als wollte sie sich noch ein bißchen mit ihm unterhalten. Er ging nicht darauf ein. Er zog sie aus. In aller Ruhe. Wenn er ihr ein Kleidungsstück abgestreift hatte, berührte er zärtlich die entblößte Haut und sagte zu ihr:

«Ich will dich ganz nackt ausziehen.»

Sie lachte, Unsicherheit in den Augen. Er berührte leicht ihre Lippen:

«Entspann dich. Keine Sorge. Ich tu dir nicht weh.»

Bewußt wiederholte er diese Worte, die er tausendmal gesagt hatte, wenn er fühlte, daß er diese Frauen beruhigen mußte, deren Ehemann ihnen zusah, irgendwo im Zimmer in einem Sessel. Manchmal war es eine Lüge, wenn man ihn im Gegenteil dafür bezahlt hatte, ihnen weh zu tun. Was diese Leute sich ausdenken konnten. Und was er alles machen konnte. Ein Profi.

Als sie nackt war, nahm er sie bei der Hand, drehte sie, als tanzte er mit ihr, mit ein bißchen Abstand. Sie hatte zu flache Brüste, zu dicke Oberschenkel, einen schiefen Mund – vor Unsicherheit.

«Du bist sehr schön. Ich sehe dich gerne an.»

Er liebkoste sie, vögelte sie, verschaffte ihr Lust und Genuß, wie er es gelernt hatte. Es war das erste Mal – mit María Concepción war er «anständig» geblieben –, daß er von seinem professionellen Können gratis Gebrauch machte. Er genoß es, mit sanfter Zärtlichkeit die Widerstände dieses ungelenken Körpers zu besiegen, ihr zu zeigen, daß diese Gesten, diese Positionen nur ein Spiel waren, die einzig harmlose Weise, eine traurige und langweilige Realität zu vergessen. Außerdem mochte er die Schwerfälligkeit dieses Körpers, fand sie schön und beruhigend. Er wußte, daß die angebliche Schönheit – seine eigene zum Beispiel – nichts wert war, oder nur den Preis, den die Leute zu zahlen bereit waren, um sie sich zu nehmen, sie zu pervertieren, sie sich zu unterwerfen. Er wußte, die ganze Welt haßte Schönheit – jene Ohrfeige für den Durchschnittsmenschen. Er wußte, in dem Lächeln und der erstaunten Freude Béas war mehr Schönheit als im spießigen Marktwert eines jener Einheitsärsche, als in den Proportionen jener stereotypen Gesichter.

Es wurde Abend. Béa, nackt, ohne Scham, setzte Wasser auf und machte Nescafé.

Ange nahm ein Knäuel Schnur aus seinem Rucksack, schnitt sie in Stücke von unterschiedlicher Länge und zündete das Ende des ersten Stücks an. Gleichzeitig sah er auf seine Uhr.

«Was machst du?»

Er wartete, bis die Schnur völlig verbrannt war, bevor er antwortete, gleichzeitig schrieb er irgendwelche Zahlen auf ein Stück Papier:

«Kennst du MacGyver?»

«Hab ich bestimmt im Fernsehen gesehen, als ich klein war.»

Er kam zu ihr herüber, schmiegte sich an ihren Rücken, ihren Hintern, nahm ihre winzigen Brüste in seine Hände. Sie rieb ihren Nacken an ihm, schnurrte fast.

«Langsam verliebe ich mich in dich», sagte sie.

Er war froh, daß sie sein Gesicht nicht sah, den Ausdruck seiner Augen. Er streichelte sanft ihren Bauch und murmelte:

«Paß auf, du bist im falschen Film.»

FÜNF

Ange zog die Gurte seines Rucksacks straff, vergewisserte sich, daß die Räder seines Bikes sicher in der Erde der Böschung verkeilt waren, hielt sich mit einer Hand in einem Mauerspalt fest, setzte einen Fuß auf den Sattel und zog sich mit einem einzigen schnellen und lockeren Ruck hoch auf das Rad. Es rührte sich nicht. Ange richtete sich vorsichtig auf, reckte sich so hoch er konnte: Seine Finger reichten exakt bis an die Oberkante der Mauer. Er tastete mit den Zehenspitzen nach dem Mauerspalt, prüfte, ob er darin Halt fand, holte Luft. Er schwang sich hoch. Die Unterarme auf die Mauer gestützt, streifte er mit einem geduldigen Panoramablick über das Halbdunkel des Parks, ging im Geiste die nächsten Etappen durch. Er kletterte hoch, setzte sich rittlings auf die Mauer, nahm den Rucksack ab, zog eine Plastiktüte heraus, riß sie auf. Drei schöne Rinderkoteletts, noch blutig. Er warf sie in den Park, etwa drei Meter vom Fuß der Mauer entfernt. Er schloß den Rucksack wieder, packte ihn sich auf den Rücken. Aus der Tasche seiner Jeans zog er ein Laguiole mit feststellbarer Klinge, die er mit einem Klicken arretierte, holte aus den Taschen seiner Jacke die beiden Paar Skihandschuhe und zog sie übereinander an. Er pfiff zwei Töne durch die Zähne.

Dann wartete er.

Er sah sie nicht kommen. Man hatte sie auf den leisen, den Überraschungsangriff dressiert. Sie waren plötzlich am Fuß der Mauer, mit hochgezogenen Lefzen, knurrten grollend.

Zwei Pitbulls, untersetzt wie zwei Boxer, die zu klein für ihre Gewichtsklasse sind.

Was Ange nicht wußte, war, ob man sie nicht auch darauf dressiert hatte, von einem Eindringling nichts zu fressen anzunehmen. Er hatte ihnen lieber erst die Koteletts hineingeworfen. Kleiner Trick.

Die Hunde sprangen zwei- oder dreimal hoch, versuchten, an seinen Schuh heranzukommen. Ange sprach leise auf sie ein, mit den Zigeunerworten, die er José bei der Dressur heimlich abgelauscht hatte.

Die Hunde beruhigten sich, liefen unentschlossen hin und her. Schließlich näherte einer der beiden sich der Stelle, wo Ange das Fleisch hingeworfen hatte. Er schnüffelte laut schnaubend, hob plötzlich den Kopf in Richtung des Jungen, der auf der Mauer kauerte, und traf eine Entscheidung. Er schnappte sich das Rinderkotelett. Ange konnte das Kauen hören, das zornige, gierige Atmen. Der andere Pitbull galoppierte zu seinem Kollegen, rempelte ihn an, begann, ihm das Fleisch streitig zu machen, bevor er verstand, roch, daß es noch mehr davon gab. Er stürzte sich darauf.

Ange sprang von der Mauer, leise. Er hielt das Laguiole in der rechten Faust, kein sehr sicherer Griff, die doppelten Skihandschuhe waren zu dick. Er holte tief Atem und lief auf die Hunde zu, sprach immer weiter in Zigeunersprache auf sie ein, ging neben dem ersten Pitbull in die Hocke, raunte ihm eine Schmeichelei zu, packte ihn mit einer Hand beim Halsband und schnitt ihm mit der anderen die Kehle durch. Er ließ ihn sofort wieder los. Der Hund trat nach hinten aus, wie ein Esel, und kippte auf die Seite.

Ange drehte sich gerade noch rechtzeitig um, sah, wie sich der zweite Pitbull auf ihn stürzte. Er rammte ihm mitten in der Bewegung frontal die Klinge unter die Schädelbasis, wie ein Torero. Er hielt das Heft ein paar Sekunden fest, wurde geschüttelt von der Kraft des gegen Schmerz und Tod ankämpfenden Hundes, spürte die Kinnladen aufeinanderkrachen.

Zwei erleuchtete Fenster im Erdschoß, zwei im ersten Stock, keines darüber.

Ange steckte sein Messer in die Tasche, zog die Skihandschuhe aus, stopfte sie in seine Jacke. Der zweite Pitbull starb nur langsam. Rücklings auf dem Rasen atmete er wie ein Mann, der schnarcht.

Ange rannte bis zur ersten Hecke.

Der Wachtposten auf der Freitreppe zündete sich eine Zigarette an. Ange erkannte ihn: Aznar. Er hatte den Audi gefahren. Heiligabend.

Ein Wutanfall blockierte sein Gehirn.

Er beherrschte sich, atmete tief durch. Beruhige dich. Keine Rache. Auf jeden Fall nicht so eine.

Im schwarzen Audi in der Auffahrt sah Ange im Licht der Innenbeleuchtung die beiden Unzertrennlichen: Zorro und am Steuer José. Seine beiden Folterknechte. Er dachte, daß er ihnen gern die Kehle durchschneiden würde, wie den Hunden.

In gebückter Haltung arbeitete er sich vor bis zur nächsten Hecke. Er hockte sich auf den Rasen.

Jetzt hieß es warten. Warten, bis alle Lichter im Landhaus ausgingen. Ange gönnte sich noch zwei Schokoriegel.

Kurz nach zwei Uhr morgens wurde das letzte Fenster dunkel. Ange hatte eine magere, gebeugte Gestalt beobachten können: Weiss. Stanislas Weiss, Platzhirsch der lokalen Unterwelt: Drogen und Prostitution, krumme Immobiliengeschäfte und Beziehungsklüngel. Er hatte die Wahl Salvats zum Deputierten arrangiert. Jean-Roch Salvat: Freund der schönen Künste und des Sports, reichster Immobilienmakler der Region, Sohn eines Automechanikers, Karriere wie im Bilderbuch, Ehemann von Marthe Andrès, Erbin und Hobbydichterin, einer großen Rothaarigen mit weichem Mund – ein Paar, das Ange und Soledad zwei Jahre lang einmal wöchentlich bedient hatten. Nicht perverser als andere, die beiden Salvats. Freundlich, großzügig, verständnisvoll. So sehr, daß Ange geglaubt hatte, er könne sie um Hilfe bitten. So kindlich naiv würde er nie wieder sein.

Er erhob sich, massierte sich die eingeschlafenen Oberschenkel, vergewisserte sich, daß Zorro und José im Audi eingeschlafen waren, beide in der gleichen Haltung: Kopf im Nacken, Mund geöffnet. Wie leicht es wäre, ihnen jetzt die Kehle durchzuschneiden. Er zwang sich, nicht mehr daran zu denken. Beobachtete Aznar, vor der Tür auf dem Posten, wie er auf der

Stelle hüpfte, um sich aufzuwärmen und wachzuhalten.

Er lief um die Hecke, schlängelte sich bäuchlings bis zur Blumenrabatte, die den Kies einfaßte, lief um das Beet herum, zog Kopf und Schultern ein und flitzte um die Ecke zum Seitenflügel.

Er entschied sich für das dritte Fenster, nahm seinen Rucksack ab. Zog einen Hammer heraus, ein Stück Schnur und ein Feuerzeug. Er befestigte den Hammer mit dem Stielende am Querbalken des Fensters, der Stahlkopf war zehn Zentimeter von der Scheibe entfernt. Das eine Ende der Schnur an eine Zierleiste am Fensterrahmen geknotet; das andere, gut einen Meter lang, hing herunter. Er zündete es an – ein Knistern. Die Glut kokelte in Richtung des Knotens hinauf, der den Hammer im Gleichgewicht hielt. Ange rannte hinter das Haus.

Ein Rosenbusch rankte bis in den dritten Stock hinauf. Ange streifte die Skihandschuhe wieder über – nur ein Paar, das geschmeidigere – und machte sich an den Aufstieg. Ein stechender Schmerz in seinem nicht ganz verheilten Arm, aber er dachte nicht daran umzukehren. Der Rosenbusch war stabil, Ange entlastete ihn von seinem Gewicht, sobald er im Mauerwerk Halt fand. Zum Glück hatte Weiss einen eher barocken Geschmack, was Architektur anging: Über die gesamte Fassade liefen waagerechte Schmuckfriese mit kleinen Engelsfiguren und Blumenranken.

Ange erreichte den dritten Stock im selben Moment, als der Alarm losging. Er hörte erst das Geräusch von zerspringendem Glas, dann eine Sirene, die heulte wie eine wild gewordene Eule.

Er schlug eine Scheibe ein, faßte hindurch, entriegelte das Fenster, stürzte sich in das Halbdunkel eines Zimmers. Er hatte wenig Zeit. Sie würden im Erdgeschoß und im Park suchen, bevor sie in die oberen Stockwerke heraufkämen. Er hatte keine Ahnung, wo er war. Das wurde ihm klar, als eine Lampe anging und eine schlaftrunkene Stimme jammerte:

«Ich nicht … Nein … Ich nicht …»

Drei Betten im Zimmer, drei Frauen. Die eine, die noch träumte und die Lampe angeschaltet hatte, sah Ange mit verschlafenen Augen an.

«Ich nicht …»

Er verlor keine Zeit. Er lief zu den beiden anderen Betten, riß die Decken herunter, fand nicht die, die er suchte.

Er fuhr die Klinge seines Messers aus und stürzte sich auf diejenige, die zuerst wach geworden war.

«Halt die Klappe, Mercé. Du bist still. Verstanden? Wo ist Dara? In welchem Zimmer?»

Er zwang sich zu einem hysterischen, angsteinflößenden Tonfall.

«Schnell Mercé, oder ich schieß ein paar Löcher in dich rein. Schnell! Schnell!»

Die Frau zitterte am ganzen Körper. Ihre schwarzen Augen hörten nicht mehr auf zu blinzeln, blickten gebannt auf das Messer.

«Nebenan», sagte sie.

«Wo? Rechts? Links? Schnell!»

«Äh … Moment …»

Mit ihren Händen versuchte die Frau, sich zu orientieren. Ange war sicher, daß sie ihn nicht anlog.

«Rechts.»

«Gut. Du hältst die Klappe. Deine Freundinnen

halten die Klappe. Wenn eine das Maul aufmacht, komm ich zurück, und dir schlitze ich dann den Bauch auf, Mercé. Kapiert?»

Er schüttelte sie.

«Kapiert?»

Sie zitterte genauso wie vorher der Hund, der nicht sterben wollte. Ange stürzte zur Tür, trat in den Flur, schloß die Tür hinter sich, lauschte. Schreie, Rufe. Draußen.

Er wandte sich nach links, bemerkte seinen Irrtum, nahm die Tür rechts, öffnete sie.

Drinnen war es dunkel.

Er tastete nach dem Schalter. Drei Lampen gingen gleichzeitig an.

Ein Bett, die Umrisse einer Gestalt.

Einer menschlichen Gestalt.

Blonde Haare.

Soledad.

Er näherte sich dem Bett, nahm sich die Zeit, tief einzuatmen, auszuatmen. Sagte:

«Meine Sonne...»

Keine Bewegung.

Er fuhr vorsichtig mit der Hand durch die blonden Haare, zog die Decke zurück. Sie schlief, sehr bleich, die Nasenlöcher schmale Schlitze. Sie war nackt.

Er wagte es, sie bei der Schulter zu packen, sie zu schütteln.

«Mäuschen, meine Sonne, ich bin's, Ange...»

Sie stöhnte, zog eine Grimasse – ihr gesamtes Gesicht zog sich zusammen, als spürte sie einen starken Schmerz.

Er drehte sie auf den Rücken. Sie leistete keinen Widerstand, die Arme verschränkt, der Körper wie

Gummi, trotz der extremen Spannung in ihrem Gesicht.

«Mein Sonne ... Meine Maus ...»

Er sah sofort die Einstichstellen in beiden Armbeugen. Er schwitzte, plötzlich. Bis jetzt war er ruhig gewesen, konzentriert. Und plötzlich dieser warme, klebrige Schweiß.

Er berührte Soledads Arm. Wünschte, diese Geste ließe die winzigen abscheulichen Einstichstellen verschwinden.

Irgendwo im Haus schrie jemand. Leute rannten. Türen wurden zugeschlagen.

Zornig und hilflos schlug er Soledad mit voller Kraft ins Gesicht.

Die Lider hoben sich, ein bißchen.

«Meine Maus, Soledad, ich bin da. Ich komm dich holen.»

Die Lider senkten sich wieder.

«Sol!»

Er gab ihr noch eine Ohrfeige.

Sie stieß einen Seufzer aus, als läge sie im Sterben, fast ein Rülpsen, und stemmte sich abrupt auf ihren Ellbogen hoch. Sie musterte ihn langsam: Kinn, rechte Wange, Stirn, Augen, linke Wange, noch einmal die Augen, Nase und noch einmal die Augen.

«Ange ...»

Sie leckte sich mit der Zungenspitze die Lippen. Sie zitterte unter Anges Fingern, und dieses Zittern ging in ein schwachsinniges Lachen über:

«Ange? Ange?»

«Ja. Ich bin's. Ich bin da.»

Die Alarmanlage schwieg. Männerstimmen antworteten einander, in der Ferne, nervös.

Sie richtete sich ein bißchen mehr auf, ihre schönen runden Mädchenbrüste wurden unter Anges Augen zunehmend voller.

«Du bist da? Weswegen? Ich bin müde…»

«Ich bin gekommen, um dich zu holen. Wir hauen hier ab. Steh auf. Schnell.»

«O.k.»

Sie konnte kaum die Augen offenhalten. Sie lächelte dümmlich.

«Du bist gekommen, um mich zu holen…»

«Ja. Genau. Du mußt dich jetzt anziehen.»

Langsam hob sie die Hand um Anges Hals. Sie zog ihn an sich und fragte:

«Hast du was dabei?»

«Was soll ich dabeihaben? Wir haben keine Zeit mehr, Sol.»

Sie krallte ihm die Nägel in den Nacken.

«Hast du was? Bitte! Ich brauch was!»

Er machte sich los. Er packte sie bei den Schultern, schüttelte sie.

«Steh auf! Zieh dich an! Sonst finden sie uns!»

«Ich will aber was!» heulte sie.

Ange atmete wieder einmal tief durch, besänftigte den Zorn, der seine Muskeln verkrampfte.

«Weißt du noch, Soledad: Wir wollten zusammen abhauen. Ich bin da. Ich bin gekommen. Jetzt gehen wir.»

Sie sah ihn lächelnd an und schlug ihm plötzlich mit der Faust mitten ins Gesicht.

«Ich will aber was!» heulte sie. «Kannst du mir was geben? Besorgst du mir was?»

Anges Lippe blutete. Es kostete ihn Mühe, ruhig zu bleiben.

«Mal sehen, Mäuschen. Erstmal müssen wir hier weg.»

«Ich will überhaupt nicht weg hier! Hier krieg ich alles, was ich will. Und was krieg ich von dir?»

«Deine Freiheit», sagte er und verstand erst zu spät, was für eine dumme Antwort das war.

«Mit dir? Das nennst du ‹frei›? Ich will deine Liebe überhaupt nicht. Und deine Freiheit! Da scheiß ich drauf! Laß mich in Ruhe, verdammt...»

Jetzt schrien sie schon im ersten Stock. Ange hörte die Schritte von Weiss' Männern.

«Weiss bringt dich um mit seinem Dope! Willst du das?»

Abrupt kam ihr Gesicht ganz dicht heran, Lippen, Nasenlöcher, Augen verzerrt:

«Ja! Das will ich!»

«Komm mit mir, Soledad. Wir können es schaffen.»

«Du nervst mich, Ange, verstehst du? Mit dir hat man nur Theater. Ich scheiß auf deine albernen Träume. Ich liebe dich nicht, du Versager, ich liebe dich nicht! Ich will hierbleiben! Du machst mir mehr Angst als Weiss, kapierst du das?»

«Soledad...»

«Scheiße! Ich heiße nicht Soledad!» keifte sie ihn an. «Ich verstehe überhaupt nicht, was du willst mit dem ganzen Schwachsinn!»

Sie packte ihn mit beiden Händen an der Jacke, hängte ihr ganzes Gewicht daran, ihr Gesicht haßverzerrt:

«Ich hab denen gesagt, daß du mich entführen wolltest, in Paris! Ich hab sie gebeten, hab sie bekniet, sie sollen dich umbringen! Und sie haben es vermasselt, diese Penner! Sie haben es versaut!»

Wie betäubt machte er sich von ihr los. Sie fiel zurück ins Bett, nackt, mager, wunderschön, schrecklich. Männerschritte kamen die Treppe herauf.

Ange wollte dort bleiben, am Bett, bei Soledad. Sollten sie ihn doch erwischen, egal. Dann dachte er an Béa, an ihre zu flachen Brüste, ihre zu dicken Oberschenkel, ihr warmes Lächeln.

Er nahm seinen Rucksack ab und zog das Laguiole aus seiner Tasche, arretierte die Klinge.

Er verließ das Zimmer, lief den Gang entlang. José erschien als erster auf dem Treppenabsatz. In der Hand eine riesige Pistole.

Ange versteckte die rechte Hand hinterm Oberschenkel, hob die linke Hand, signalisierte Unterwerfung:

«Langsam, José. Ich bin's. Bravo. Du hast gewonnen.»

«Du dreckiges kleines Arschloch», sagte José und stürzte sich mit einem gefährlichen Lächeln auf ihn.

Mit einer einzigen Bewegung schlitzte ihm Ange den Bauch auf. Bis zum Solarplexus.

Er stieß ihn mit der Schulter zurück, entriß ihm die Pistole, fragte sich, ob das Teil eine Sicherung besaß oder nicht, machte sich bewußt, daß er sowieso keine Ahnung davon hatte, und richtete die Waffe auf Zorro, der vom Treppenabsatz aus schrie:

«Hallo! Nine!»

Der Mann flog plötzlich zwei Meter rückwärts, als hätte ihn der ohrenbetäubende Lärm der Detonation weggeschleudert. Ange stützte sich mit den Ellbogen an der Wand ab, atmete tief durch. Sonst hätte er sich übergeben. Krämpfe zogen ihm den Magen zusammen. Er überwand sich, stieg über José hinweg, ging weiter vor bis zum Treppenabsatz zur Leiche Zorros.

Er mußte da raus. Er beugte sich zu Zorro hinunter, entriß ihm seine Waffe, und in jeder Hand eine Knarre (genau, eine *Knarre* wie im Kino) stieg er die Treppe hinunter, vor sich her ballernd, rechts, links, rechts, links. Und riß damit reichlich Gips und Tapete von der Wand.

Das Foyer.

Ihm wurde bewußt, daß er durch die Tür mußte und quer durch den ganzen Park. Fast hätte er sich hingesetzt, dort, auf dem Orientteppich, sich fallenlassen. Er dachte an das nackte Mädchen, ihr Gebrüll: «Ich heiße nicht Soledad.» Er kam sich ziemlich blöd vor.

Rechts zerbrechendes Fensterglas. Ein Schattenriß. Kleine Flamme und großer Lärm.

Er raste gebückt zum Eingang, hörte, wie hinter ihm eine Vase explodierte. Er duckte sich wieder, drehte am Türknauf.

Der Park. Die Kälte. Die Nacht.

«Ich heiße nicht Soledad!»

Er kroch hinaus auf die Freitreppe, zielte auf gut Glück nach rechts, glitt kopfüber die Stufen hinunter – die Marmorkanten in den Rippen und plötzlich die Nase im Kies. Er rollte nach vorne ab, versuchte aufzustehen, strauchelte, wäre fast gefallen, betätigte versehentlich den Abzug der Waffe in der rechten Hand. Der Schuß ging nicht los. Er fand sein Gleichgewicht wieder und rannte im Zickzack über den Rasen, drückte noch einmal ab, vergeblich. Er warf die

Waffe weg. Im selben Moment krachten hinter ihm mehrere Schüsse.

Nichts.

Nicht getroffen.

Er konnte es kaum glauben.

Im Schutz der Hecken lief er an den Hundeleichen vorbei, stürzte sich auf die Mauer.

Daran hatte er nicht gedacht. Er war zu klein, die Mauer zu hoch. Er sprang mehrere Male. Er überlegte nicht mehr. Eine Ratte im Labyrinth. Die Männer schrien im Park.

Er würde es nicht schaffen.

«Ich heiße nicht Soledad!»

Er lehnte sich mit dem Rücken an die Mauer. Er atmete ein, aus, ganz ruhig. Er richtete die Waffe, die ihm geblieben war, in die Dunkelheit des Parks. Er wußte nicht einmal, ob sie noch geladen war.

Er hörte seinen eigenen Atem, rauh, zu schnell. Er stand mit dem Rücken zur Wand, hielt die Knarre exakt geradeaus.

Absurd.

Was er getan hatte, war absurd. Man gibt nicht auf, wenn man so weit gekommen ist.

Er rannte los, warf sich auf den Bauch, flach, unter eine Hecke. Er versuchte nachzudenken.

Er hatte Zorro und José getötet. Es waren nie mehr als drei Männer im Landhaus. Es blieb also noch Aznar. Und Weiss.

Zwei Schatten bewegten sich durch den Park, zehn Meter von ihm entfernt. Er erkannte die heisere Stimme von Weiss, seinen singenden Tonfall:

«Schau nach, ob er über die Mauer ist.»

Dann einige Zigeunerworte, wütend hingespuckt.

Der größere der beiden Schatten kam näher, vorsichtig. Der andere – Weiss – blieb in der Mitte des Rasens stehen, mit beiden Händen an den Schatten eines Revolvers geklammert.

Ange widerstand der Versuchung, Weiss zu erschießen. Er kroch die Hecke entlang. Zehn Meter Kies, ungeschützt, bis zur Tür.

Du mußt verrückt sein. Dachte er, und trotzdem sprintete er los in Richtung Außentreppe und Tür.

Nichts. Es passierte gar nichts. Er stieg die drei Stockwerke wieder hoch. Er hatte das Gefühl, als hörte und sähe er alles mit einer unerträglichen Intensität.

Fünf Frauen liefen aufgeregt auf dem Treppenabsatz hin und her. Sie zogen sich schreiend zurück, als er erschien, mit der Knarre im Anschlag.

«Mercé!» sagte er.

Sie versteckte sich hinter den anderen.

«Mercé, geh in das Zimmer von Dara, hol sie aus dem Bett und zieh sie an. Beeil dich.»

Geduckt, mit hängenden Schultern, kleinen Schritten, stürzte sie auf die Tür zu, auf die Ange zeigte. Das ist meine Chance, dachte er. Sie gehorchen. Sie sind darauf abgerichtet zu gehorchen.

Mercé zog Soledad aus dem Bett. Sie streifte ihr die Kleider über, wie man eine Puppe anzieht. Soledad stand mitten im Zimmer, schwankte ein bißchen, die Augen halb geschlossen.

«Das ist nicht wahr», wimmerte sie. «Das ist nicht wahr...»

Aber sie wehrte sich nicht.

Ange warf einen Blick aus dem Fenster. Weder Weiss noch Aznar. Sie suchten ihn wohl draußen. Wie lange noch, bevor sie sein Fahrrad finden würden? Und wiederkämen?

Mercé schaffte es nicht, Soledads Jeans zuzuknöpfen.

«Laß es. Zieh ihr die Stiefel an.»

Während sie gehorchte, öffnete er den Schrank, nahm einen Pelzmantel heraus, Synthetik, zog ihn Soledad selbst an. Ihre Arme waren schlaff, leblos. Sie leierte:

«Das ist nicht wahr… Das ist echt nicht wahr…»

Er zog Mercé hoch, schob sie auf den Flur, wo die anderen sich so weit wie möglich entfernt von den blutigen Leichen Josés und Zorros hingekauert hatten, öffnete die Tür zum Badezimmer, schloß alle dort zusammen ein.

Soledad hatte sich nicht aus dem Zimmer gerührt. Er nahm sie beim Arm, zog sie hinter sich her bis zur Treppe.

«Los, Sol. Wir müssen hier raus.»

«Ich will dich nicht…»

«Du hast keine andere Wahl mehr. Wenn wir ihnen über den Weg laufen, schießen sie. Willst du sterben, Sol?»

Sie lehnte sich an die Wand, versuchte, die Augen zu öffnen.

«Du bist nicht ganz dicht…»

Sie stiegen die Treppe hinunter.

Ange lehnte im Türrahmen, musterte die Dunkelheit des Parks.

«Gehen wir», sagte er. «Sie sind nicht zurückgekommen.»

«Du irrst dich, mein Engel.»

Weiss stand am Eingang zum Salon. In Pyjama und Hausmantel. Sein weißes Haar wirr. Aber die Waffe in seiner kleinen, knochigen Hand.

«Was ist los, mein schöner Engel? Hab ich dich nicht immer gut behandelt? Laß das Mädchen los. Was willst du mit ihr anfangen, mit so einem Wrack? Ein Mädchen ganz für dich allein? Und dabei dachte ich, ich hätte dich so gut erzogen... Wieviele Frauen habe ich dir gegeben, wieviele Weiber haben Geld dafür bezahlt, um dich zu bekommen? Du hast am Anfang einer schönen Karriere gestanden. Was glaubst du denn, mein Schöner? Glaubst du an die Liebe? Das ist doch alles bloß Berechnung, mein Freund, reine Berechnung. Ich bin ein zutiefst moralischer Mensch, ich verhelfe der Wahrheit zu ihrem Recht. Schönheit, Jugend, Lust hat es immer nur gegen Cash gegeben, schon in grauer Vorzeit. Diese Damen der feinen Gesellschaft, denen du ein bißchen Abwechslung verschafft hast, warum haben sie ihre Männer geheiratet? Aus dem gleichen Grund, warum ich dich ihnen angeboten habe: Weil alles einen Preis hat. Ihr guter Ruf ebenso wie deine Dienste. Glaubst du, sie hätten ihre Männer geliebt? Sie haben ihren Arsch so teuer wie möglich verkauft. Wie du, mein schöner Engel. Aber du hast dabei wenigstens nicht geheuchelt.»

Weiss war ein paar Schritte nähergekommen, er lächelte, wedelte mit seiner Waffe herum wie mit einem Spielzeug.

«Und du wolltest mich verlassen. Ohne Vorwarnung. Mich ausrauben. Wolltest mir eine von meinen Kleinen wegnehmen. Eine der Besten. Schmal wie eine Fünfzehnjährige. Zart und blond. Weißt du, wie lange ich gebraucht habe, um sie auszubilden? Aber was macht das schon, ihr seid alle meine Kinder. Warum soll ich mich über eure Undankbarkeit wundern? Kinder sind von Natur aus undankbar. Guck dich an, wie gut ich dich ausgebildet, dich abgehärtet habe: Meine schwachsinnigen Angestellten sollten dich totschlagen, und guck dich an, wie das blühende Leben, noch dickköpfiger als vorher. Ich bin stolz auf dich, mein Engel. Und du hast mich sehr verletzt. Mein Stolz auf dich, die Opfer, die ich gebracht habe, was ist der Dank dafür? Du hast mich verraten, Ange. Du dezimierst mein Personal und bestiehlst mich.»

Seine bernsteinfarbenen Augen musterten das Mädchen, das zusammengesunken an der Tür lehnte, von oben bis unten:

«Mein Geschäft mit der Lust bereitet mir auch viele Sorgen. Da adoptiert man Waisenkinder, bringt große finanzielle Opfer, um sie zu anständigen Menschen zu machen, um ihnen zu zeigen, wie sie auch ohne Erbschaft das beste aus ihrem Kapital, ihrer Jugend und ihrer frischen Haut machen können, und du siehst, was passiert. Was du mit mir machst. Du hättest dich noch etwas gedulden sollen, mein Engel. Ich behalte meine lieben Waisenkinder nur bis sie achtzehn sind. Dann entlasse ich sie in die Welt. Dann habe ich ihnen genug beigebracht, daß sie sich in jeder Situation behaupten können. Noch zwei Jahre, mein Engel, und du wärst volljährig gewesen. Frei wie ein Vogel. Schade...»

Weiss war nur noch zwei Meter von Ange und Soledad entfernt. Er schien die Pistole, die auf sein Gesicht gerichtet war, gar nicht zu bemerken. Ab und zu fingerte er mit einer zwanghaften Handbewegung am Kragen seines Hausmantels.

«Du willst das Mädchen mitnehmen, mein Engel? Ja, sieht ganz so aus. Also, dann erzähl ich dir was. Damit du vorsichtig bist. Ich habe sie mir aus den Slums von Belgrad besorgen lassen, da war sie fünf oder sechs Jahre alt. Ihre Mutter ging auf den Strich. Ihre Großmutter auch. Familientradition. Sie wollten diesen kleinen Spatz verkaufen, sie sollte in Paris betteln gehen. Sie war so hübsch, da habe ich Mitleid bekommen. Ich habe ihr einen richtigen Beruf beigebracht, eine Kunst. Aber die Arme hat nicht deine Konstitution. Und auch keinen besonders starken Willen. Sie brauchte Hilfe, Unterstützung. Da hat sie dann Geschmack gefunden an gewissen Spritzen. Sie liebt diese kleinen Reisen in die Phantasie. Oder nicht, Chérie? Magst du das?»

Soledad schien ein bißchen wacher zu werden. Sie rieb sich ihren Rücken an der Wand. Mit hängendem Kopf sagte sie:

«Helfen Sie mir, Monsieur Stanislas…»

«Siehst du, mein Engel? Sie mag das sehr. Sie liebt mich. Sie braucht Trost. Ich gebe ihr Trost. Keine Liebe, mein Engel: Trost. Auch deine Liebe juckt sie nicht. Wenigstens sie hat im Unterricht bei mir etwas gelernt, sie weiß, daß Liebe nichts ist als gut bezahlte Akrobatik.»

Weiss streckte seine schmale, manikürte Hand aus:

«Jetzt komm, mein Schöner, gib mir deine Waffe. Hören wir auf mit dem Quatsch. Das Mädchen hier will bloß in Ruhe gelassen werden. Tun wir ihr den Gefallen. Laß uns gnädig sein.»

Ange senkte seine Knarre, machte einen Schritt nach vorn, Weiss schenkte ihm sein warmes Bernsteinlächeln, Ange hob plötzlich die Hand und die Waffe und schlug ihm mit aller Kraft in dieses Lächeln, diesen Mund, diese Zähne hinein.

Weiss fuhr zurück, schwankte, setzte sich auf seinen Hintern, die Hände auf die eingeschlagenen Zähne gepreßt, auf seine blutigen Lippen.

Ange packte Soledad am Ärmel, schleifte sie nach draußen, überlegte sich, daß es jetzt nicht mehr darauf ankam, und lief in aller Ruhe bis zum weißen Mercedes.

Der Zündschlüssel steckte.

Ange ließ den Mercedes am Anfang der Avenue Guynemer stehen, zwang Soledad zu laufen. Er wußte selbst nicht mehr, wozu das alles gut sein sollte, außer daß er sich etwas vorgenommen hatte und es durchziehen würde bis zum Ende.

Er trug Soledad, als sie die ersten Studentenwohnheime erreichten. Er stellte sie ab und zwang sie, aufrecht stehenzubleiben, als sie Béas Tür erreicht hatten.

«Ich dachte, du wärst wieder weg», sagte Béa, die ein langes T-Shirt trug und sonst nichts und rote Augen hatte. «Wer ist das?» fragte sie, als er Soledad ins Zimmer schob.

«Eine Freundin. Es geht ihr nicht gut.»

Ohne ein weiteres Wort half Béa ihm, sie auszuziehen. Sie legten sie in das schmale Bett unter dem Fenster. Soledad schlief sehr bald ein, ihre Nasenlöcher schmale Schlitze.

Ange und Béa ließen sich in der Nische neben dem Waschbecken nieder, jeder auf einem Hocker. Er massierte sich lange die Stirn. Dann breitete er die Arme aus, Béa setzte sich auf seine Oberschenkel, und er streichelte ihre Hüfte und schnupperte gleichzeitig an ihrem Hals.

«Hast du eine Dummheit gemacht?» fragte sie.

Sie spürte, wie er stoßweise an ihrer Schulter ausatmete, glaubte, er weine, lehnte sich zurück, nahm sein Gesicht in ihre Hände. Er lachte. Lautlos. Mit geschlossenen Augen.

«Ange ...»

«Dummheiten», stöhnte er und brach in unkontrolliertes Lachen aus. «Eine Dummheit ...»

«Ange!»

Seine Hände kletterten unter dem T-Shirt hinauf bis zu ihren Brüsten. Er streichelte sie sanft.

«Ich kann dir das nicht erklären», sagte er, immer noch lachend, mit Tränen in den Augen. «Ich hab nicht das Recht dazu.»

Sie umfaßte mit ihren Händen fest sein Gesicht und zwang ihn, sie anzusehen.

«Wer bist du?» fragte sie.

Er drückte ihre Handgelenke auseinander, sah sie aufmerksam an, küßte sie auf die Nase und murmelte:

«Nein. Du solltest fragen: Was bist du?»

«O.k? Was bist du?»

«Nichts mehr», sagte er. «Überhaupt nichts. Und das hat was.»

Er tätschelte sanft ihre Hüfte:

«Steh auf.»

Er ging ans Bett, sah nach Soledad. Sie schnarchte, die Oberlippe hochgezogen wie ein wütendes Tier.

«Was soll ich nur mit ihr machen?»

Er führte Selbstgespräche. Béa berührte seinen Nacken:

«Ist sie krank?»

Er riß sich los aus der zärtlichen Geste.

«Béa, wo kommst du bloß her? Wo lebst du eigentlich? Das Mädchen ist ein Junkie, siehst du das nicht?»

Béa steckte das Laken wieder fest, das Soledad im Schlaf herausgezerrt hatte.

«Kann man was tun, um ihr zu helfen?»

«Ich weiß nicht.»

Ange packte sie bei den Hüften, hielt sie fest, sah ihr ins Gesicht.

«Ja. Man kann.»

Er schüttelte den Kopf:

«Man kann. Ja. Und ich werde ihr auch helfen.»

Plötzlich fielen seine Schultern zusammen. Er hob die Hand, überlegte es sich auf halber Höhe zu Béas Gesicht anders.

«Weiß du was? Ich hab keine Ahnung, wie ich das machen soll.»

Später lagen sie zusammen auf einer Schaumgummimatratze, die sie zwischen dem Bett und dem Tisch ausgerollt hatten.

«Morgen früh», sagte er, «bring ich sie weit weg von hier.»

«Wohin?»

«Ich muß ein Auto finden.»

«Du fährst? Ohne Führerschein?»

Er lachte:

«Ja, das ist gefährlich. Ich lebe zur Zeit etwas unvorsichtig.»

«Entschuldige.»

«Nein. Ich finde es ja schön, wenn du dir um mich Sorgen machst. Das ist … lieb. Ja: total lieb.»

Sie kuschelte sich ein bißchen näher an ihn heran.

«Ange, kann ich morgen mit euch kommen?»

«Nein.»

«Ich hab ein Auto. Eine alte Gurke, aber … mit Rädern, einem Motor. Das müßte reichen.»

Er versuchte, im Halbdunkel ihre Augen zu erkennen.

«Komm, Béa, du und ich, wir haben uns zufällig getroffen. Wie zwei Raumschiffe im All. Du kommst von der Erde. Ich komm von einem anderen Planeten. Wir haben miteinander gesprochen, wir … haben auch Gefallen aneinander gefunden, aber wir können nichts zusammen machen.»

«Warum?»

«Weil du auf meinem Planeten nicht überleben würdest.»

Sie legte einen Arm um seine Taille, schlängelte sich dichter heran, bis ihr ganzer Körper an ihn geschmiegt war.

«Laß mich mitkommen», sagte sie. «Ich will es wenigstens versuchen.»

SECHS

Außer Sichtweite, etwa hundert Meter von der Bankfiliale entfernt, hielten sie an. Es war ein müder R5, dreiviertel weiß, nur ein Kotflügel und eine Tür rostbraun. Zwischen einer Reisetasche und einem Rucksack lag Soledad auf der Rückbank, zusammengerollt, leichenblaß.

«Das ist verrückt», sagte Béa.

Mit den Kuppen von Zeige- und Mittelfinger streifte Ange ihr eine widerspenstige Locke hinter das Ohr. Er zog Zorros schwere Knarre aus seinem Gürtel, schob sie unter seinen Sitz. Es waren noch drei Kugeln im Magazin. Er griff nach hinten, nahm den Rucksack, holte eine Plastiktüte heraus. Er drehte sie um, schüttelte: eine MP landete auf seinen Oberschenkeln. Er hatte sie in der Spielwarenabteilung eines großen Einkaufszentrums gekauft, vor einer Stunde. Die Spielzeugwaffe kam ihm unglaublich leicht vor.

«Mach das nicht», sagte Béa.

Er lächelte sie an, seine Augen waren nicht dabei. Er verstaute die MP unter seiner Jacke.

«Laß den Motor laufen und bleib im ersten Gang», murmelte er hastig, während er seine Tür öffnete.

Draußen war es naßkalt. Nebelreste hingen in den Ästen der schwarzen Bäume. Rechts und links der breiten, abschüssigen Avenue Bungalows, Gärten, ein Park (zwei Reiter, hochbeinige Zentauren), kein Passant. Ein spießiger Vorort von Bordeaux. Die Bewohner waren im Büro, ihre Kinder in der Schule. Zehn Uhr morgens. Ange lief über das Trottoir zur Tür der Bank.

Er klingelte am Eingang der Schleuse. Das rote Licht erlosch, das grüne ging an. Er drückte die Tür auf. Als sie hinter ihm zugefallen war, ließ sich die andere Seite aufschieben.

Eine alte Dame am hinteren Schalter. Zwei Angestellte, eine davon führte flüsternd ein privates Telefonat. Rechts ein winziges Büro: durch die Vorhänge die Silhouette eines Rugby-Spielers in Sakko und Hose. Im Hintergrund zwei Türen, geschlossen. Ange ging zum Schalter.

Er wartete, bis die Angestellte – brünett, Stupsnase – ihr hochvertrauliches Telefonat zu Ende gebracht hatte.

«Ich erzähl dir dann… Nein, heute abend… Ja, ich muß auflegen, ich hab Kundschaft…» (Pubertäres Kichern.)

Sie legte auf, tat, als müßte sie in dem Papierkram, der ihren Schreibtisch bedeckte, etwas *ganz Wichtiges* nachschauen, und würdigte Ange schließlich eines skeptischen Blickes.

«Ja? Sie wünschen?»

Ange lächelte sie an und stellte sich vor, er würde sich umdrehen und einfach wieder gehen. Statt dessen zückte seine rechte Hand das Spielzeug unter der Jacke, und er sagte:

«Die Kasse.»

Das Mädchen wurde wach, bekam große Augen, und das war ihre Reaktion:

«Hi, hi, hi!»

Ihr Schulmädchenlachen – Aknelachen, dachte Ange.

«Die Kasse», wiederholte er. «Ich habe nicht viel Geduld.»

Er glaubte zu wissen, daß die Mitarbeiterinnen in diesen Filialen Anweisung hatten, wie sie bei eventuellen Überfällen reagieren sollten, und zwar so vernünftig wie möglich: Folge leisten. Die Banken sind versichert, in den Kassen sind nie mehr als zwanzig-, dreißigtausend Francs, die Bankräuber machen Fehler, werden sowieso erwischt.

Das Mädchen hatte sich wieder beruhigt, sagte:

«Da müssen Sie mit meinem Chef sprechen.»

Ihrem Blick entnahm er, daß der besagte Chef der Rugby-Typ in den vier Quadratmetern des Büros nebenan war.

«Ein bißchen Bewegung. Der wird Ihnen das schon nicht übelnehmen.»

«Ja, aber ich kann das nicht.»

«Versuchen Sie es einfach.»

Er hob beide Hände mit dem Spielzeug im Anschlag über den Schalter, erinnerte sich daran, was Zorro für ein Gesicht gemacht hatte, als der Schuß fiel.

«Bleiben sie ganz ruhig», flüsterte eine tiefe Stimme irgendwo rechts von ihm. Der Mann kam aus der Gegend, das hörte man.

Ange wirbelte herum, hatte das Spielzeug jetzt auf den breiten Brustkasten und die Blümchenkrawatte des Rugby-Typs gerichtet.

«Keine Bewegung. Ganz ruhig», sagte er.

Der Rugby-Typ hob die Arme seitlich weg vom Körper, zeigte seine Handflächen:

«Hör mal, mein Kleiner, wir haben gar nichts mehr in der Kasse. Du siehst besser zu, daß du verschwindest.»

Ein Cowboy, sagte sich Ange. Von allen Banken dieser Welt muß ich mir ausgerechnet den einzigen Laden aussuchen, wo sie einen halbstarken Cowboy als Filialleiter haben.

«Es passiert nichts, wenn Sie innerhalb von einer Minute meine Forderungen erfüllen.»

«In einer Minute ist die Polizei da, mein Kleiner. Ich hab den Alarm ...»

Der Blick des Rugby-Typs fiel auf Anges Waffe. Und während ihm eine Erleuchtung durch den Kopf schoß, geriet seine Stimme ins Stocken.

«... ausgelöst.»

Er hob den Kopf und lächelte:

«Dieses Spielzeug habe ich letzte Woche meinem Sohn geschenkt.»

Ange zielte auf seine Stirn und drückte ab.

Der Rugby-Typ schloß die Augen, bekam ganz schmale Schultern. Es gab ein elektronisches Knattern, dann Sirenengeheul, gleichzeitig begannen bunte Lichter auf dem schwarzen Plastik des Spielzeugs zu blinken.

«Gut beobachtet», sagte Ange anerkennend.

Er warf die MP dem Rugby-Typen zu, der – Reflex? Jahrelanges Training? – sie in der Beuge seiner

Arme auffing. Ange ging auf ihn zu, rammte ihm die Spitze seines Schuhs unter die Kniescheibe, dann in die Leber, dann unters Kinn. Brach sich dabei eine Zehe. Der Rugby-Typ stand immer noch, zusammengekrümmt, schwankte auf seinem unverletzten Bein.

Ange lief um den Schalter herum. Hinten in der Filiale kreischte die alte Dame.

Er gab dem Mädchen eine Ohrfeige:

«Gib mir das, was du hast.»

Sie weinte, ihr Kinn bebte. Sie öffnete die Kasse, reichte ihm mehrere Bündel Banknoten.

«Das dürfte reichen. Mach mir die Schleuse auf. Und dann blockier sie.»

Das Mädchen drückte auf die Knöpfe. Die erste Tür der Schleuse ließ sich aufschieben; der grüne Knopf auf dem Rahmen der zweiten leuchtete auf.

Er packte das Mädchen bei den Haaren, riß sie von ihrem Stuhl hoch:

«Leg dich auf den Boden.»

Sie gehorchte sofort.

Er stopfte die Geldscheinbündel in die Taschen seiner Jacke und seiner Jeans und stürzte zum Ausgang.

Auf einem Bein hüpfend versperrte ihm der Rugby-Typ den Weg.

Ange tat, als wolle er links passieren, angetäuscht – der Rugby-Typ geriet aus dem Gleichgewicht, begann zu taumeln –, zog rechts vorbei, lief durch die Schleuse, rannte zum R5.

«Fahr los! Wir haben ein Problem!»

Sie fuhren über Landstraßen bis nach La Rochelle. Unterwegs, in einem Dorf namens Mirambeau, hatten sie den alten R5 durch einen Espace ersetzt. Später, in Saintes, schraubte Ange von zwei Fahrzeugen die Kennzeichen ab, tauschte die Nummernschilder am Espace aus. Er hatte keine Ahnung, ob das zu etwas gut war. Schlimmstenfalls würden sie nur ein bißchen Zeit gewinnen.

Als sie aus Saintes herausfuhren, brach Soledad in Tränen aus. Ange saß am Steuer, hatte eine Karte aufgeklappt über dem Lenkrad liegen. Soledad lag auf der Rückbank, hatte die Beine angezogen.

Er sagte:

«Komm», beruhige dich. «Weiss findet uns nicht. Hast du Angst?»

Sie richtete sich auf, klammerte sich an der Lehne des Vordersitzes fest, und mit heiserer, verheulter Stimme schrie sie:

«Ja, ich habe Angst vor Stan. Ich hab Angst. Ganz einfach. Ja, ich will nicht hier sein. Ich will nicht hier sein. Ich will nicht hier sein!»

Ange kniff die Augen zusammen und hupte, weil ein Idiot ihnen voll aufgeblendet entgegenkam.

«Ich bin auch überhaupt nicht hier! Ich hab hier nichts verloren! Das ist ...»

Sie suchte nach einem Wort, fand keines, das stark genug gewesen wäre.

«Das ist überhaupt nicht wahr! Das kommt in meinem Leben gar nicht vor! Ich ... Ich ...»

Ihr fehlten schon wieder die Worte.

«Ich bin gar nicht hier», wiederholte sie, als wäre dieser Satz, dieser Zauberspruch, ihre Rettung. «Ich bin gar nicht hier. Das ist überhaupt nicht wahr.»

Sie ließ sich auf ihre Sitzbank zurückfallen, murmelte:

«Das ist überhaupt nicht wahr… Das ist überhaupt nicht wahr…»

Jaulte auf:

»Ich glaub das nicht!«

Ange fuhr langsamer, als sie an eine Kreuzung kamen, er schaltete die Deckenbeleuchtung an, guckte in die Straßenkarte. Soledad warf sich nach vorne, ihre Hände zitterten, sie prügelte auf seinen Rücken ein. Er reagierte nicht.

«Warum hast du mich in diese Scheiße mit reingezogen?»

«Weiß ich auch nicht mehr. Aber jetzt ist es zu spät.»

«Er weiß es nicht mehr! Er weiß überhaupt nichts!»

Sie hob die Arme in die Luft, der Himmel war ihr Zeuge – das heißt das Fahrzeugdach.

Ange ließ die Kupplung los, beschleunigte. Die Scheinwerfer des Espace öffneten ihnen eine kleine nächtliche Straße, in der auf den Stämmen von Platanen fluoreszierende Farbstreifen glitzerten.

Die Stimme Soledads klang jetzt ein paar Oktaven tiefer, ein niedergeschlagener kleiner Vogel:

«Warum hast du mir das angetan, Ange?»

Seine Augen suchten sie im Rückspiegel.

«Hör mal: Ich laß dich am nächsten Bahnhof aussteigen, ich kauf dir eine Fahrkarte, und du fährst zu Weiss zurück.»

«Ehrlich?»

Sie entspannte sich ein bißchen, verrenkte sich, um ein Kleenex aus der Tasche ihrer Jeans zu ziehen. Sie putzte sich die Nase.

«O.k.», sagte sie. «Das machen wir. Setz mich an einem Bahnhof ab.»

«Kein Problem.»

Er warf einen Blick auf Béa, neben ihm, die nichts sagte, sondern brav auf die nächtliche Straße starrte.

«Obwohl», sagte er, «ich frage mich, wie Weiss reagiert, wenn er dich wiederkommen sieht. Er mag das nicht besonders, wenn man ihn verarscht.»

«Ich kann doch nichts dafür. Du warst das. Das hat er ja gesehen.»

«Na ja, aber er rastet aus, wenn was schiefläuft. Klar hab ich alles alleine gemacht. Aber deinetwegen.»

«Scheiße! Ich hab dich nicht darum gebeten!»

«Jetzt komm, Sol, du hast dir das angehört, die ganze Zeit, wenn ich dir erzählt hab: Wir gehen weg, wir fangen ein neues Leben an. Warum?»

Sie kauerte sich an die Tür, die Arme sehr hoch vor der Brust gekreuzt. Erst war Stille, dann sagte sie:

«Ich fand das schön. Das war wie im Kino, wenn du erzählt hast. Ich hab nicht dran geglaubt, aber wenn du deine Geschichten erzählt hast, hatte ich irgendwie das Gefühl, vielleicht stimmt es doch. Ich war blöd, verdammt!»

«Na ja… Weiss kann es nicht besonders leiden, wenn Leute anfangen zu träumen. Wenn *seine Ware* anfängt zu träumen. Der glaubt dir nie, daß ich ganz allein geträumt habe. Der wird sich sagen, der sagt sich jetzt wahrscheinlich schon, daß du mir beim Träumen geholfen hast. Das vergißt er dir nicht.»

«Du willst mir bloß Angst machen. Damit ich bei dir bleibe.»

«Kann schon sein, Sol. Vielleicht kenne ich Weiss aber auch ganz gut.»

Die nächsten paar Kilometer schwiegen sie. Ange

beobachtete Soledad bewußt nicht im Rückspiegel. Er nahm Béas Hand, die zusammenzuckte, als wäre sie tief in Gedanken gewesen. Sie blickte auf Anges Hand, führte sie ganz ruhig zurück ans Lenkrad. Ange war überrascht, wollte ihr in die Augen sehen, es gelang ihm nicht.

Ein Hinweisschild. Noch fünfundzwanzig Kilometer bis La Rochelle.

«Ich setz dich am Bahnhof ab, Sol.»

«Nein.»

«Hast du es dir anders überlegt?»

«Laß mich in Ruhe. Ich will schlafen.»

«Was ist los, Béa?»

Es regnete, als sie in La Rochelle ankamen. Sie fuhren eine lange Avenue entlang, an deren Ende sie den Hafen sehen konnten. Ein großes Segelschiff kreuzte zwischen Tour Saint-Nicolas und Tour de la Chaîne.

«Ich frage mich, was ich bei dir verloren hab», sagte sie schließlich.

«Na bravo. Du auch?»

«Mußtest du unbedingt die Bank überfallen?»

«Wir brauchen Geld, Béa.»

«Da gibt's auch noch andere Möglichkeiten.»

Er lachte:

«Wie? Im Lotto gewinnen? Arbeiten? Meinen Arsch verkaufen, genau wie vorher? Oder den von Sol? Oder deinen, vielleicht?»

«Sei nicht gemein.»

«Ich bin nicht gemein, ich versuche, es dir zu erklären. Ohne Geld sind wir zu verwundbar. Wir brauchten es sofort. Ich hab es besorgt, und zwar da, wo man Geld bekommt.»

«Willst du immer so leben?»

«Erstmal will ich überhaupt leben. Danach kann ich drüber nachdenken, wie.»

Sie fuhren Schrittempo, auf der Suche nach einem Hotel. Der Regen wurde immer dichter, ließ die Fassaden dieser unbekannten, ausgestorbenen Stadt verschwimmen.

«Keiner hat dich gezwungen mitzukommen, Béa. Was hat dich dazu gebracht?»

«Kannst du dir das nicht vorstellen?»

Er zuckte mit den Schultern.

«Ich hab mich gelangweilt», erklärte sie. «Beruhigt dich das als Antwort?»

Sie überlegte und sagte noch einmal:

«Laß uns dabei bleiben: Ich hab mich gelangweilt.»

Ange entschied sich für ein Zwei-Sterne-Hotel. Er ließ die Mädchen im Auto, zog an der Rezeption eine kleine Nummer ab als junger Mann aus gutem Hause, der sich feuchtfröhlich amüsiert hat.

Er konnte den charakteristischen Tonfall, die vulgäre Arroganz, die Ungeduld des verzogenen Söhnchens perfekt imitieren. Er wußte auch, daß seine Körpergröße und sein Aussehen ihn älter als sechzehn machten.

Er half Soledad bis zum Aufzug. Béa folgte ihnen. Dem fragenden Concierge antwortete er grinsend:

«Sie verträgt keinen Rotwein. Und trinkt ihn trotzdem, die dumme Kuh.»

Er hatte zwei Zimmer nebeneinander genommen.

Béa zog in das erste, im zweiten brachte Ange Soledad ins Bett.

«Schlaf. Ruh dich aus», sagte er zu Béa. «Ich bleib bei ihr. Einer muß auf sie aufpassen.»

«Klar. Auf sie aufpassen.»

«Was ist los, Béa? Glaubst du, ich will mit ihr schlafen?»

«Nein.»

«Was dann?»

«Nichts. Paß auf sie auf.»

Béa ging zur Tür. Er holte sie ein.

«Mach dir nichts draus.»

Sie versuchte ein beruhigendes Lächeln – das aber eher jämmerlich geriet.

«Ich bin blöd.»

«Überhaupt nicht.»

«Ich weiß, was ich sage.»

Sie schob ihn sacht von sich weg, öffnete die Tür.

«Gute Nacht, Ange.»

Er schlief wenig. Machte sich einen Verband für die Zehe, die er sich am Kinn des Rugby-Typs gebrochen hatte.

Soledad wachte immer wieder auf, bewegte sich unruhig hin und her, wimmerte, kratzte die Einstiche an ihrem Arm auf.

«Ich kann nicht mehr ... Sei lieb ... Ich halt es nicht mehr aus ... Das tut weh ...»

Oder sie schrie:

«Du Schwein! Du spinnst doch! Du bist ein Schwein! Das gefällt dir, daß mir alles weh tut, ja?»

Er beschwichtigte sie, dämpfte ihre Schreie. Sie

wehrte sich kaum. Sie schlief wieder ein, den Schlaf eines kranken Tieres.

Als es Morgen wurde, ließ er das Frühstück nach oben bringen. Soledad schlürfte nur ein bißchen Kaffee, wies die Croissants angewidert zurück.

Béa setzte sich zu ihnen, schon fertig angezogen, geduscht. Frisch wie der junge Morgen, dachte Ange. Sie hatte rosige Wangen, lebhafte Augen. Er hatte noch nie zwei so unterschiedliche Mädchen gesehen.

Sie halfen Soledad beim Anziehen. Sie fuhren weiter.

Sie hatten kaum miteinander gesprochen.

Sie fuhren den ganzen Tag. Schweigend.

Soledad lag völlig erschöpft auf der Rückbank, zusammengerollt, die Augen geschlossen. Sie schlief nicht. Ange stellte sich vor, daß sie sich innerlich an einen geheimen Ort zurückgezogen hatte, an einen Punkt, an dem nichts mehr existierte, auch kein Schmerz.

Béa las den ganzen Morgen Zeitungen. Sie hatten sie gekauft, um herauszufinden, ob etwas über das Blutbad im Landhaus bekannt geworden war. Natürlich kein Wort. Weiss würde sein «Personal» mit äußerster Diskretion begraben, würde versuchen die Sache selber in die Hand zu nehmen. Ange fragte sich, was er wohl unternehmen würde, um sie zu finden. Die Chancen stehen eins zu tausend, sagte er sich. Wenn überhaupt. Maximal eins zu tausend.

In der angespannten Ruhe dieser letzten Fahrtstrecke konnte er sich noch einmal durch den Kopf gehen lassen, was passiert war, den methodischen Irrsinn der Ereignisse, die sie bis hierher geführt hatten. Es überraschte ihn nicht, daß er gar nicht mehr begriff, was er getan hatte. Er hatte das kleine Miststück geliebt, die dumme Gans, diesen kleinen Junkie, die kleine Nutte, völlig absurd, und dabei sein eigenes Leben aufs Spiel gesetzt. Wahrscheinlich verachtete er sein Leben so sehr, daß er den Helden spielen mußte wie im Film, um sich selbst wieder ein bißchen Wert, ein bißchen Freiheit, ein paar Träume zu schenken.

Genau: Er hatte sie nie geliebt, Soledad – die er Soledad getauft hatte, die jedoch Dara hieß. Er hatte den selbstmörderischen Traum geliebt, in dessen Mittelpunkt sie stand: sie zu entführen, sie zu retten, wie ein Held seine Prinzessin. Er hatte ihr seinen Traum aufgezwungen. Er hatte ihr ihren Traum genommen, den miesen kleinen, den erbärmlichen Traum vom Stoff, die schäbige innere Welt einer Gestrandeten. Welcher Traum, oder welcher Selbstmord, war mehr wert? Sechs Schüsse täglich, jeden Tag sechs Spritzen vom Serum des Vergessens, oder ein aussichtsloser Kampf gegen die Bösen?

Und Béatrice?

Er sah zu, wie sie *Le Monde* durchblätterte. Rosig, üppig, offen und hilfsbereit, gastfreundlich. Warum war sie mit ihnen gekommen auf ihre Flucht? Kann man sein Leben auch hassen, wenn es anscheinend einfach, verläßlich, sonnenklar ist? Gibt es überhaupt Leute, die glücklich sind?

Sie erreichten Paris bei Einbruch der Dunkelheit.

«Ange?»

Mit nervöser Hand strich María Concepción sich ein paar widerspenstige graue Locken aus dem Gesicht.

«Du hast mir Angst gemacht. Bei mir klingelt nie jemand.»

«Dschal mischto?»

«Ja. Ja, jetzt, wo du da bist.»

Sie neigte den Kopf, warf einen verstohlenen Blick hinter ihn, in die Dunkelheit des Treppenabsatzes.

«Du bist nicht allein?»

Ange trat zurück, schob Soledad und Béa nach vorne.

«Zwei Freundinnen.»

María Concepción schlug die Augen nieder, fingerte an den Knöpfen ihrer Bluse.

«Bitte schön, treten Sie ein...»

Vier Leute schienen etwas viel für das Wohnzimmer. Nach einem Moment der Verlegenheit bat María Concepción ihre Gäste auf das Sofa, setzte sich selbst auf einen Stuhl, nicht weit von ihrer Tasse mit dem Matetee. Sie griff danach, zögerte, legte die Hand zurück in ihren Schoß.

«Nun?» fragte sie.

Ange stand auf, nahm den Tee vom Tischchen, schob die Tasse in María Concepcións geöffnete Hände:

«Fühlen Sie sich wie zu Hause», sagte er lachend.

Sie entspannte sich, lachte ihrerseits, leise:

«Weißt du, ich habe hier noch nie soviel Besuch gehabt.»

Sie trank einen Schluck. Ihr Gesicht hellte sich auf.

«Aber ich bin glücklich. Ich freue mich, daß du mir deine Freundinnen mitgebracht hast.»

Als Soledad mit heiserer, zittriger Stimme keifte:

«Was ist das für ein Loch hier? Und wer ist diese alte Ziege?»

SIEBEN

Soledad und Béa teilten sich das große Bett. Ange und María Concepción verbrachten die Nacht am Fenster, sie im Sessel, mit ihrem Matetee, er saß auf dem Boden zu ihren Füßen. Sie sprachen leise.

Ange erzählte ihr sein Leben – oder was er darüber wußte. Kurze Erinnerungen an seine frühe Kindheit, idyllische Szenen im Sonnenschein und darin zwei Frauengesichter, ein junges, ein altes. Seine Mutter, seine Großmutter, glaubte er. Dann wurde alles anders, dunkler. Er war sieben oder acht, er kletterte durch einen Luftschacht oder ein winziges Fenster, lief durch ein Haus, im Dunkeln, öffnete zwei Männern die Tür. Sie waren Einbrecher. Ange stand Schmiere. Als Gegenleistung bekam er ein bißchen Taschengeld. Er wurde ständig aus unerfindlichen Gründen geschlagen. Später: Stanislas Weiss. Ein Mann mit sanfter Stimme, weißen Haaren, Augen wie Bernstein. Der erste, der ihn Ange nannte. Vorher hatte er «Dingsda» geheißen oder «Schwachkopf». Eine glückliche Zeit. Weiss und seine Frauen verhätschelten ihn. ‹Ange, du bist schön wie ein Engel›, hatte Weiss eines Nachts gesagt. Dann hatte Zorro ihn mitgenommen in eine schöne Wohnung, wo zwei Männer und eine Frau schon auf sie warteten. Er hatte nicht verstanden, was da passierte. Er hatte sich geschämt. Er hatte nicht geweint, damals. Vierzehn Tage später hatte er geweint, als Weiss mit seinem schönen nachdenklichen Lächeln zu ihm sagte: ‹Ange, mein schöner Engel, Zorro geht heute abend mit dir spazieren.› Er hatte geschrien, sich gewehrt. Zorro hatte ihn geohrfeigt und Weiss anschließend Zorro. ‹Die Ware wird nicht demoliert.›

«Ich dachte, Weiss würde mich lieben. Ich war zehn Jahre alt. Eine ‹Ware›. Weiss hat mich nicht geliebt. Ich war sein Eigentum. Am liebsten wäre ich auf der Stelle gestorben. Ich bin nicht gestorben. Ich bin leer geworden. Auch eine Art Tod. Ich habe gehorcht. Jahrelang.»

Mit vierzehn war er zur «Ware erster Qualität» geworden. Er war gewachsen, kräftiger geworden und wirkte doch immer noch wie ein blondes Kind. «Mein Jüngling», nannte ihn Weiss jetzt, begeistert, daß die Natur ihn mit einem solchen Mehrwert ausgestattet hatte. Jetzt konnte er jene Kunden befriedigen, die in seinem bereits männlichen Aussehen ein Alibi fanden für ihre Lust auf Kinder. Weiss begann, ihn mit Mädchen zu kombinieren, die so alt waren wie er und manchmal völlig unerfahren: Ange war nicht nur ihr Partner, sondern vielmehr ihr Bodyguard und ihr Coach. Er beruhigte sie, wenn sie Angst hatten, und schritt ein, wenn die Forderungen der Kunden zu brutal wurden.

«Dank dieser Mädchen, mit ihnen, bin ich aus der

Leere wieder herausgekommen. Lange Zeit hatte mich nichts mehr erstaunen oder anwidern können. Mein Körper war eine Maschine. Ich habe keinen Unterschied mehr gemacht zwischen meinen Nächten mit den Kunden und den ‹normalen› Tagen. Die Mädchen waren zwölf, dreizehn, vierzehn Jahre alt. Sie haben mich wieder daran erinnert, wie ich angefangen hatte. Ich konnte ihre Überraschung verstehen, ihre Erstarrung, die Depression, die einige von ihnen ganz langsam umbrachte. Und dann hat Weiss mich mit Dara zusammengespannt.»

Dara war die erste Blonde unter seinen Partnerinnen, blond wie ein Engel, blond wie Ange. Sofort hatte das Paar einen nie dagewesenen Erfolg: Die Kundschaft riß sich um sie. Sie sahen aus wie Bruder und Schwester, und Weiss gab sie auch sofort als solche aus. Die Schönheit, die beide einzeln besaßen, gemeinsam verzehnfachte sie sich. Dara war so strahlend schön, daß Ange ihr einen neuen Namen gab: Soledad.

«Ich dachte, das hieße: Sonnenschein.»

«Einsamkeit», murmelte María Concepción. «Das ist ein schöner Name.»

«Ein Name, der Unglück bringt.»

Wenn Dara-Soledad in ihrer blonden Schönheit Ange auch ähnelte, so besaß sie doch weder seine Kraft, noch sein Talent, sich ins Leere zurückzuziehen. Sie war innerhalb weniger Monate ausgebrannt. Sie beschimpfte die Kunden, und Ange mußte dann alle möglichen Leute beruhigen.

«Ich fühlte mich wie ihr Bruder. Nicht wegen unserer Ähnlichkeit oder wegen Weiss und seiner wirtschaftlichen Interessen. Sondern weil ich ständig das

Bedürfnis hatte, sie zu beschützen. Irgendwann hab ich dann angefangen, mir Geschichten für sie auszudenken, ihr von der Zukunft zu erzählen. Sehr wichtig, die Zukunft, für Kinder wie uns. Man verliert schnell das Gefühl, daß die Zeit vergeht und daß sie uns dabei verändert. Zwischen meinem zehnten und fünfzehnten Lebensjahr habe ich *überhaupt nicht* an die Zukunft gedacht. Ich war ein Objekt, das immer weitergereicht wurde, von einer Hand zur nächsten. Objekte haben keine Zukunft. Sie nutzen sich ab, oder sie zerbrechen. Sie entwickeln sich nicht. Sogar meine Pubertät war ganz unauffällig: Ich habe immer noch eine hohe Stimme, wenig Behaarung. Ich bin gewachsen, breiter geworden, aber wie ein Baum wächst oder eine Blume. Die Zeit hatte mich vergessen. Na ja, und dann die Zukunft...»

Ange entdeckte sie, die Zukunft. In den Geschichten, die er Soledad flüsternd erzählte, hinten im Auto, das sie zwischen dem Landhaus und ihren Terminen hin- und herfuhr. Sol war schlechter Laune. Er verlor trotzdem nicht den Mut. Er erzählte ihr gerne Geschichten, und er konnte gut erzählen, weil er sie sich auch selbst erzählte. Die Zukunft, die er für Soledad erfand, wurde seine eigene. Bald gab es eine leichte Veränderung in seinen Erzählungen: Er sagte nicht mehr ‹Dann machst du›, ‹Dann bist du›, ‹Dann gehst du›, sondern er sagte ‹Dann machen wir›, ‹Dann sind wir›, ‹Dann gehen wir›. Er merkte es gar nicht. Solche Verwechslungen wurden ihm zur Gewohnheit.

Die Windstille dauerte nicht lange. Eines Nachts biß Soledad einem Kunden ins Ohr und riß ihm dabei das Ohrläppchen ab.

«Weiss hat sie dann für einen Monat aus dem

‹Netz› genommen. Ich hatte keinen Kontakt mehr mit ihr. Sie war im Landhaus eingesperrt. Ich hatte seit einiger Zeit eine Einzimmerwohnung in der Stadt. Weiss hat mir vertraut. Er sagte zu mir: ‹Du bist für mich fast wie ein Sohn.› Ich bin auf sein Lächeln und seine braunen Augen nicht mehr reingefallen. Ich ließ mir nichts anmerken. Ich wußte es zwar noch nicht, aber ich habe damals schon meine Flucht vorbereitet. Mit meinen Geschichten für Soledad. Vielleicht hätte es mir auch gereicht, mein Leben lang ein bißchen davon zu träumen, wenn Salvat nicht gewesen wäre.»

Salvat und seine Frau Marthe waren seit kurzem Stammkunden des Pärchens Ange-Soledad. Alles lief «freundschaftlich» ab (wie Salvat sagte): Marthe in einem Zimmer mit Ange, Salvat in einem anderen mit Soledad. Man aß zusammen zu Abend. Man plauderte. Salvat fühlte sich wohl, wenn er erzählen und andere zum Lachen bringen konnte. Ebenso groß und dick, wie Weiss klein und mager war, ebenso charmant wie er, besaß er doch von Natur aus eine gewisse Milde, eine Gutmütigkeit, wie Ange sie bei keinem anderen der Erwachsenen, die er kannte, angetroffen hatte.

«Einmal im Monat gab Salvat mir hinterher einen kleinen Handkoffer, den ich Weiss überbringen sollte. Zorro und José warteten draußen vor dem Haus auf uns beide, Soledad und mich. So, wie sie mir den Handkoffer abnahmen, war mir bald klar, daß da Geld drinsein mußte – auf jeden Fall etwas Wertvolles. Was für Geschäfte konnten das sein, zwischen Weiss und Salvat? Ich hab es nie gewußt. Es war mir egal.»

Ange fand seine Ahnung im November bestätigt. Er betrat das Büro von Salvat und überraschte ihn dabei, wie er den Koffer gerade schloß. Er hatte genug Zeit zu sehen, daß er vollgestopft war mit Bündeln von Fünfhundertfrancscheinen.

«Eines Tages hat Salvat mir Bücher geliehen. Bei jedem Besuch wieder andere. Das waren Kinderbücher, wie *Die Schatzinsel.* Salvat sagte, ich sollte von vorne anfangen, und wenn mir das gefiele, würde ich schnell vorwärtskommen. Es hat mir gut gefallen. Die einzigen Geschichten, die ich kannte, das waren Karatefilme, Filme mit Ninjas, *Rambo, Terminator.* Stories voller stereotyper, systematischer, irrealer Gewalt, wie die Bewegungen, die ich regelmäßig wiederholen mußte, ein paar Nächte pro Woche. Das fand ich nicht besonders aufregend.»

Durch Bücher lernte Ange, seinen Verstand zu gebrauchen, Sachverhalte, Menschen und sich selber zu analysieren. Er liebte Jim Hawkins, verstand, was ihn mit John Silver verband, weil es mit ihm und Weiss ähnlich war. Oder vielleicht andersherum: Weil er schon so lange mit Weiss zusammenlebte, konnte er mühelos die Faszination wiedererkennen und auch die abstoßende Wirkung, die von John Silver ausging.

Eines Nachts war Soledad wieder im «Netz». Ange freute sich, sie wiederzusehen, fand sie lebhafter, fröhlicher als sonst, fast ein bißchen zu sehr. Eines mußte er Weiss zugute halten: Wenn es um seinen Profit ging, konnte er sich um seine «Kinder» kümmern. Sie fuhren zu den Salvats.

Alles lief gut, bis sich die beiden Pärchen in verschiedene Zimmer zurückzogen. Ange spürte, wie Marthe kurz davor war, wohlig aufzustöhnen, als sie wütende Schreie aus dem Nachbarzimmer hörten. ‹Du bist wahnsinnig! Warum hast du das gemacht? Warum? Weißt du, was das heißt?›

«Salvat klang wie ein Vater. Er machte Soledad Vorwürfe. Marthe und ich gingen zu ihnen in das andere Zimmer. Salvat hatte sie beim Arm gepackt und schüttelte sie. Soledad schloß die Augen, wehrte sich nicht. Salvat hat mich gesehen und hat mich angefahren: ‹Solche Sachen will ich hier nicht haben! Das kannst du Weiss sagen!› Ich verstand überhaupt nichts. Da hat Salvat Soledad zu mir rübergeschleift und mir ihren Arm gezeigt. Ich hab mehrere Einstichstellen gesehen. ‹Ich will hier keine Junkies!› hat Salvat geschrien. ‹Da mach ich nicht mehr mit. Das kannst du Weiss sagen: Er hat die Regeln des Anstands verletzt.› Und als ob ihm diese Worte trotz allem ein bißchen absurd vorgekommen wären, wiederholte er: ‹Genau. Die Regeln des Anstands.›»

Ange brachte Soledad ins Landhaus zurück. Während der Autofahrt, Zorro saß am Steuer, drückte sie sich, unempfänglich für seine Fragen, in eine Ecke. Sie wirkte weder lebhaft noch fröhlich.

Weiss nahm die Nachricht mit seinem üblichen Lächeln entgegen. ‹Ich bring das schon in Ordnung mit Salvat. Das ist halb so wild. Dara, geh ins Bett.›

«Er hörte auch nicht auf zu lächeln, als ich von ihm eine Erklärung verlangte. ‹Dara ist ein kleines Mädchen. Sie hat weder deine Konstitution noch dein Talent. Ich fürchte, wir werden nicht mehr viel mit ihr anfangen können. Ich werde sie nach Barcelona schicken, ins Barrio Chino. Sie ist kein Typ für die Arbeit in der Luxusklasse.› Ich hätte ihn auf der Stelle erwürgen können. Aber es stimmt, mein Körper ist wie eine Maschine. Ich hatte mich im Griff, tat so, als würde ich das akzeptieren.»

Eine Woche später besuchte Ange Salvat.

Salvat hatte vor einiger Zeit von einer wichtigen Geschäftsreise nach Paris gesprochen und die Idee gehabt, Ange und Soledad mitzunehmen, als «Geschenk» für die Immobilienhaie aus Hong Kong, mit denen er verhandeln wollte.

Ange griff den Vorschlag auf. Ungeduldig hörte Salvat zu und lehnte dann ab: ‹Das hab ich doch nicht ernst gemeint, mein Kleiner. Und jetzt geht es sowieso nicht mehr, wegen Dara.›

Ange versuchte, ihn zu überzeugen. Das war ‹halb so wild›, wiederholte er, was Weiss gesagt hatte. Gerade Salvat mußte doch wissen, daß es das erste Mal war, daß sie vorher noch nie gespritzt hatte. Sie war eben ein bißchen down gewesen. Eine Dummheit. Diese Reise nach Paris würde sie auf andere Gedanken bringen, ihr helfen, nicht wieder damit anzufangen.

‹Du meinst wohl, ich hab nichts Besseres zu tun, mein Kleiner. Ich fahr dorthin, um über ein Geschäftsvolumen von zweihundert Millionen Francs zu verhandeln, nicht zum Vergnügen oder zur Erholung! Vergiß es.›

Bevor er ging, ließ Ange sich von ihm versprechen, daß er Weiss nichts von seinem Besuch sagen würde.

‹Aber sicher, mein Kleiner. Du wolltest ja nur deiner Schwester helfen, ich kann nichts für dich tun, und das tut mir sehr leid. Ich verstehe dich vollkommen. Hör mal, ich komme erst Anfang Januar wieder. Weiss kriegt seinen Koffer heute abend. Er soll ihn hier abholen lassen.›

«Ich habe die Sache geplant, es war ganz einfach. Ich habe Weiss angekündigt, Salvat wolle, daß Soledad und ich ihn am nächsten Tag nach Paris begleiten. Es sah aus, als würde er mir glauben. ‹Wir werden ihm dafür einen schönen Pauschalpreis berechnen›, lächelte er. ‹Das wird das Geschäft des Jahres.› Dann, besorgt: ‹Hast du mir nicht gesagt, er will Dara nicht mehr? Hat er seine Meinung geändert?› – Ich habe ihm erklärt, daß das halb so wild war. Daß das nicht wieder vorkommt. – ‹Du wirkst sehr überzeugend. Du hast eine ganze Menge Qualitäten. Na gut, von mir aus. Wir wollen uns so ein schönes Geschäft doch nicht entgehen lassen, oder? Ihr fahrt morgen früh? Du erzählst mir dann hinterher, wer Salvats Gäste waren, o.k?› Bevor ich rausging, habe ich ihn dann doch noch einmal gefragt, warum er zugelassen hat, daß Soledad fixt. Wissen Sie, was er mir geantwortet hat, María Concepción? Er hat mir geantwortet: ‹Du hängst zu sehr an ihr. Das macht man nicht in deinem Beruf. Das ist ein Fehler. Wenn ihr aus Paris zurück seid, werde ich euch trennen. Zu deinem Besten.›»

Ange sorgte dafür, daß Soledad bei ihm in seiner Einzimmerwohnung in der Stadt übernachten durfte. Weiss machte keinerlei Schwierigkeiten, hob segnend die Hand: ‹Gute Reise, meine Kinder. Vergeßt nicht, daß ich immer an euch denke. Ihr seid hier›, fügte er hinzu und zeigte mit einem Finger auf sein Herz. ‹Und da.› Der Finger zeigte auf seine Stirn.

Zorro fuhr sie in die Stadt. Sie waren schon unterwegs, als Ange der Handkoffer einfiel. Er überlegte sich, daß er Weiss anrufen würde.

Er tat es nicht.

Sobald sie in seinem Appartement waren, sah Ange

sich Soledads Arm an. Die Einstichstellen waren fast verschwunden. Sols Bewegungen waren langsam, ihre Augen erloschen. Er beschloß, ihr vorläufig nichts zu erklären. Er brachte sie zu Bett. Er schloß sie ein und fuhr zu Salvat.

Der Handkoffer stand bereit. Salvat schöpfte keinen Verdacht: Ange war schon seit Monaten sein Bote. Auf der Türschwelle tätschelte er ihm den Nacken: ‹Du bist doch hoffentlich nicht sauer auf mich? Weißt du, ich hab immer eine Abneigung…, eine physische, ja, einen richtigen Ekel gehabt vor Junkies. Aber ich hoffe von ganzem Herzen, daß du es schaffst, deine Schwester von dieser schiefen Bahn abzubringen. Von ganzem Herzen.›

Ange verbrachte die halbe Nacht damit, einen jener Liebesbriefe zu verfassen, wie er sie seit Monaten – seit er die Bücher entdeckt hatte – an Soledad schrieb und die er ihr niemals gab. Er packte ihn zusammen mit den anderen in eine Keksdose, die im Badezimmer versteckt war.

«Ich habe den Handkoffer in meine Reisetasche gestopft. Ich glaube, ich habe ihn nicht wegen des Geldes geklaut. Nicht nur. Ich habe ihn geklaut, weil Weiss mir so etwas niemals verzeihen würde. Es gab keinen Weg mehr zurück. Ich mußte fliehen. Seit er mir eine gewisse Autonomie gegeben hatte und dieses Appartement, hat er mich auch besser bezahlt. Auf seine Art hatte er mich adoptiert, er machte bestimmt Pläne für später, wenn ich zu alt wäre, um im ‹Netz› zu bleiben. Ich hatte sein Vertrauen mißbraucht. Und nicht einmal ein schlechtes Gewissen.»

Bis zum Abflug rechnete Ange jeden Moment damit, daß Zorro und José auftauchen könnten. In Orly zerrte er Soledad schnell zu einem Taxi. Er blieb wachsam.

Er entschied sich für ein schäbiges Hotel in der Rue Monsieur-le-Prince. Sie mußten zunächst einmal unbemerkt bleiben, dann würden sie weitersehen. Soledad lief hinter ihm her, mit schlaffen und eckigen Bewegungen wie eine Marionette. Er machte sich keine Sorgen. Sie würde bald wieder voll da sein. Sie merkte nicht einmal, wie mies das Zimmer war.

Geduldig erzählte er Soledad von ihrem Abenteuer. Es gefiel ihm. Es war wie im Buch, mit Spannung, Gefahr, einem heldenhaften jungen Paar und bösen Gegnern. Sie hörte kommentarlos zu, mit gerunzelter Stirn.

‹Wir hauen hier ab›, erklärte er ihr. ‹Auf eine Insel. Was findest du am besten? Pazifik, Atlantik, Indischer Ozean? Tropen oder eher mildes Klima? Wir ändern unser Leben, Sol. Nein: Wir bauen uns ein Leben auf.›

‹Wir haben keinen Paß.›

Das waren ihre ersten Worte.

‹Das stimmt. Daran hab ich nicht gedacht. Wir können auf die französischen Inseln. Guadeloupe, Réunion ...›

‹Und was machen wir da?›

‹Mal sehen. Leben. Ich hab Geld.›

‹Und wenn das alle ist?›

‹Dann verdien ich Geld.›

‹Wie?›

‹Ich weiß nicht. Ich werde schon was finden.›

‹Was kannst du denn?›

Wenn sie doch bloß still wäre.

‹Ich will dir sagen, was du kannst: deinen Arsch verkaufen. Dann verkaufst du deinen Arsch. Und ich verkauf meinen. In den Tropen. Super.›

«Ich war deprimiert. Und ich hatte Angst, sie könnte recht haben. Sie hat das Zimmer angeguckt und gesagt: ‹Sehr schön hier. Ein kleiner Vorgeschmack auf das Leben, das du mir bieten wirst, ja?› Da hab ich meine Reisetasche aufgemacht, habe den Koffer rausgeholt. Sie hat ihn sofort wiedererkannt. Ich habe ihr den Berg Geldscheine gezeigt, ein Vermögen. ‹Und Stan hast du auch noch ausgenommen. Du bist echt nicht ganz dicht.› Sie begrub das Gesicht in ihren Händen, blieb eine ganze Weile so. Ich wußte nicht, was ich ihr sagen sollte. Schließlich hob sie den Kopf wieder: Sie hat gelächelt. ‹O.k. Wir sind tot. Dann laß uns vorher wenigstens feiern. Was hältst du davon, wenn du uns, ich weiß auch nicht, Champagner besorgst und solches Zeug, alles, was gut und teuer ist?› Ich hätte sie fast in den Arm genommen, ich war so erleichtert über ihre Reaktion.»

Ange ging los, kaufte Champagner, Pastete, feines Gebäck. Die Schaufenster waren mit weißem und goldenem Reif überzogen, mit Girlanden und Sternen geschmückt. Weihnachten. Zum ersten Mal hatte dieses Fest der Kinder auch für ihn etwas Frohes.

Soledad war nicht mehr in ihrem Hotelzimmer. Er wartete eine Viertelstunde auf sie, während er ein kleines Galadiner vorbereitete.

«Und der Koffer?» fragte María Concepción.

«Den hat sie natürlich mitgenommen. Ich hatte nur noch einen einzigen Packen, den hatte ich am Abend vorher in meine Brieftasche gesteckt. Erinnern Sie sich noch an meine Fünfhundertfrancscheine?»

«Ich hab mir gedacht, daß sie gestohlen waren. Ich hatte recht.»

Er machte sich auf die Suche nach Soledad.

Aufs Geratewohl lief er in der Rue Saint-Michel herum und in der Rue Saint-Germain. Es war kalt. Ange lief quer über die Boulevards, abrupt, ohne Rücksicht auf irgendwelche Autos, wenn er auf dem anderen Trottoir ein blondes Mädchen sah.

Er kehrte ins Hotel zurück. Soledad war nicht da. Schließlich schlief er ein, im Morgengrauen, quer auf dem Bett.

Als er wieder erwachte, war es nach zwölf. Er wusch sich sorgfältig am Waschbecken, zog sich wieder an, stieg hinab auf die Straße. Gegenüber der Fontaine Saint-Michel aß er ein Sandwich.

Dann telefonierte er. Erst rief er in der Villa der Salvats an, erfuhr von einer Hausangestellten die Nummer, unter der Salvat in Paris zu erreichen war. Er rief dort an: Es meldete sich niemand.

Den ganzen Nachmittag streifte er im Viertel umher, ohne um sich herum irgend etwas wahrzunehmen. Er kehrte zurück in das Hotelzimmer: Vielleicht war Soledad wiedergekommen. Er wählte erneut die Nummer von Salvat. Gegen sechs Uhr abends erreichte er ihn.

‹Ich bin in Paris.›

‹Aha. Und weiter?›

‹Haben Sie vielleicht Dara gesehen?›

‹Was ist mit dir los, mein Kleiner? Deine Schwester und du, ihr seid mir doch hoffentlich nicht bis hierher gefolgt, oder?›

‹Ich hab Dara verloren.›

‹Wie, verloren?›

‹Eben verloren.›

‹Warte mal. Was habt ihr in Paris überhaupt zu suchen? Du hast doch keine Dummheit gemacht?›

‹Ich hab beschlossen, mein Leben zu ändern.›

Schweigen.

‹Und du hast zu Weiss gesagt, du würdest mit mir fahren, oder?›

‹Ja.›

‹Was für eine …! Gut. Es nützt ja nichts, sich aufzuregen. Hast du Dara schon lange verloren?›

‹Gestern abend.›

‹Hör mal, ich kann dir nichts versprechen, aber ich will mal sehen, was ich machen kann. Ruf mich in einer Viertelstunde wieder an.›

«Ich hab ihn wieder angerufen.»

‹Dara ist hier. Du hast Glück.›

‹Wie hat Dara Sie gefunden?›

‹Genauso wie du, nehme ich an.›

‹Hat sie …›

‹Ja. Sie hat den Koffer. Du bist ein Dummkopf. Na ja, ich werde versuchen, das wieder in Ordnung zu bringen. Komm hier her. Ich sag Weiss, daß ihr beide mit mir gefahren seid. Und bei dem Koffer, da tun wir eben so, als ob ich ihn dir nie gegeben hätte.›

‹Danke.›

‹Du hast Glück, daß ich dich gerne hab. Jetzt verlier keine Zeit. Ich gebe dir die Adresse.›

«Und du hast ihm das geglaubt?» fragte María Concepción. «Kam dir das nicht merkwürdig vor?»

«Ich hab nicht nachgedacht. Ich wollte unbedingt zu Dara. Und ich hatte ihn ja auch gern. Ich hatte ihn gern.»

Als Ange in der Rue Lauriston 112 ankam, tauchten

aus einem Auto plötzlich zwei Schatten auf. Zorro und José. ‹Dschal mischto, Ange?› fragte Zorro. Der Schlag traf ihn hinten am Kopf, er fiel auf die Knie. Sie zerrten ihn in den Audi. Aznar fuhr.

«Sie haben mich im Auto zusammengeschlagen. Mit kurzen Eisenstangen. Das hat lange gedauert. Wir fuhren. Sie schlugen mich. Weiss muß Anweisung gegeben haben, mir so lange wie möglich weh zu tun. Sie hätten mich ganz schnell töten können. Am Ende wollten sie aber besonders raffiniert sein. Oder sie fanden es cool, mich in der Kälte verrecken zu lassen, ganz langsam. Sie haben mich in die Baugrube geschmissen.»

María Concepción erhob sich aus dem Sessel, stopfte das Laken wieder fest, das Soledad in ihrem unruhigen Schlaf wie eine Bettjacke um sich herumgewickelt hatte. Sie wies auf Béa und ihren friedlichen Schlaf.

«Und sie?»

«Eine Freundin.»

«Liebt sie dich?»

«Ich hoffe nicht.»

«Also liebt sie dich. Und ich liebe dich auch. Jede Frau, die halbwegs Verstand hat und halbwegs verrückt ist, würde sich in einen Engel verlieben.»

«Bis auf eine.»

María Concepción setzte sich wieder in den Sessel, kämmte mit ihren Fingern durch den struppigen blonden Haarschopf des Jungen:

«Weil sie dir zu ähnlich ist. Sie ist ein Teufel. Und du weißt ja: Teufel sind gefallene Engel. Du bist gezwungen, sie zu lieben: Du willst ihre Seele retten. Sie muß dir schaden: Sie will, daß du stürzt.»

«Glauben Sie?»

«Aber nein, Chico. Das sind bloß Sprüche, mehr nicht.»

Sie streichelte seine Wange.

«Mehr nicht», wiederholte sie.

ACHT

Weiss ließ Zorro und José hinten im Garten begraben. Sie hatten ihm zwölf Jahre lang gedient, seit er den Drogenschmuggel über die Ostgrenze Spaniens unter seiner Kontrolle hatte. Vorher war dort nicht viel gelaufen, Amateure hatten kleine Geschäfte gemacht und waren eines Nachts, durch ein Wunder, wie Weiss sie gern vollbrachte, von den Zollbeamten erwischt worden. Damals war Weiss bereits als Zuhälter aktiv, jedoch noch ohne Konzept. Bei der Expansion seines Schmuggelgeschäfts war ihm dann klargeworden, daß er durch einen Bestand an sehr jungen erstklassigen Huren noch weit mehr herausschlagen konnte. Es gibt diverse Möglichkeiten, sich den Schutz, das Wohlwollen von Honoratioren zu sichern. Davon ist so ein Arsch nicht die schlechteste. Weiss war zu intelligent, um jemanden zu erpressen, solange keine ernsthaften Gründe dafür vorlagen. Er liebte schweigende Übereinkünfte, spielte gerne vor seinen Kunden den charmanten Freizeitkuppler – «Ich bin Amateur», wiederholte er gern, in dem Bewußtsein, daß seine scheinbare Zurückhaltung sie mehr beunruhigte als irgendwelche finsteren Drohungen. Hatten übrigens die Régents, die Salvats, die Millaus, die Carbonells ihm nicht *spontan* Beteiligungen an ihren Immobiliengeschäften angeboten? Weiss sah sich an der Schwelle zu einem neuen, respektablen Leben, in dem er die Finger von Drogengeschäften und Prostitution lassen würde. Sein Vermögen in Mobilien und Immobilien war inzwischen das größte in der ganzen Region, nur der alte Saillant hatte mehr, dieser alte «Jansenist« (wie Salvat ihn nannte), ohne daß Weiss hätte sagen können, was das Wort genau bedeutete, außer daß es ihm nie gelungen war, auch nur das kleinste Geschäft mit ihm zu machen.

Ange hatte ihn weder überrascht noch enttäuscht. Weiss hatte Achtung vor dem Jungen – Weiss achtete nur solche Leute, die sich nicht unterwarfen. Er hatte ihn beobachtet, seinen Ange, während dieser Jahre, er hatte gesehen, wie seine Schönheit, sein Talent, seine innere Gelassenheit sich immer mehr steigerten. Gewöhnlich bauten diese kleinen Huren ab, alterten vorzeitig, verbittert, vulgär, boshaft wie Giftkröten. Von Anges Seele glitt alles ab wie von den Federn einer Ente – Engelsgefieder. Ein Thronfolger. Hatte Weiss sich gesagt. Lassen wir ihn erst einmal größer werden, und dann mache ich ihn zu meiner rechten Hand. Eine Art Sohn. Selbstdisziplin, Manieren, Intelligenz: alles notwendige Eigenschaften, wenn Weiss erst einmal ein «ehrbarer» Mann war. Von der sehr intimen Bekanntschaft, die Ange mit vielen Honoratioren verband, gar nicht zu reden. Die einzige Angst, die Weiss hatte: daß es Ange an Brutalität mangeln könnte. Die Ereignisse der letzten Wochen hatten diese Bedenken zerstreut. Es war wirklich schade, daß man einem Verräter nicht vergeben konnte. Das würde sich herumsprechen, und dann würde jeder versuchen, ihn zu betrügen, seine sträfliche Gutmütigkeit auszunutzen. Wenn Ange sich wenigstens damit zufriedengegeben hätte, die kleine Nutte zu entführen: Das hätte man unter Romanze verbuchen können, um so verzeihlicher, als man in einem Typen, der so genial vögelt, nicht unbedingt einen Romantiker vermutet. War das nicht der absolute Beweis, daß Weiss sich nicht in ihm getäuscht hatte, der Beweis für die unverwüstliche Kraft seiner Seele – für sein Engelsgefieder? Ist selber eine Hure, liebt eine Nutte, entführt sie, trotzt dem Schicksal und trotzt Weiss: Das zeigt schon verdammt viel Charakter, ein außerordentliches Vertrauen in die eigenen Kräfte. Ach Ange, mein Engel, mein schöner Engel, warum mußtest du mir dieses Geld stehlen? Konntest du dir nicht denken, daß ich die Entführung Daras akzeptiert, sogar gutgeheißen hätte, aus Respekt vor deinem Mut? Du hattest keine Chance mit dieser kleinen Fixerin, du wärst zu mir zurückgekommen, und ich hätte unsere Versöhnung genossen, hätte dich mit offenen Armen willkommen geheißen wie den verlorenen Sohn. Aber dieser Raubüberfall, diese Veruntreuung von Geldern… Meine Männer hätten davon Wind bekommen, hätten meine Milde nicht verstanden. Ich habe Pflichten als Chef, als Vater. Ich kann nicht akzeptieren, daß einer meiner Söhne – und sei es auch mein Lieblingssohn – mich bestiehlt und mich lächerlich macht.

Weiss führte zahlreiche Telefonate. In dieser Angelegenheit verließ er sich ausschließlich auf sein Volk, die Manusch. Ein paar von ihnen, die «Idioten», mochten ihn nicht. Sie wußten warum. Aber da waren all die anderen, für die er ein Königssohn war – selbst wenn sein Vater, der König der Zigeuner, sich von ihm losgesagt hatte. Sie waren es, die er anwies, die Augen offenzuhalten. Er wußte aus Erfahrung, daß ein guter Beobachter Abstand braucht. Dann hat er weder Präferenzen noch Vorurteile: *Er sieht.*

Weiss betete in der Kapelle des Landhauses. Zwischen zwei Telefonaten kniete er vor dem Altar nieder. Im Chor brannten seit Anges erstem Ausflug Kerzen. Hier, auf einem Betstuhl, nahm er seine Termine wahr. Er hatte seinen Spaß an diesen Gadschen, die notgedrungen neben ihm niederknien, mit leiser Stimme verhandeln mußten. Er nahm sich vor, solche Meetings zur Regel zu machen. Er berief Salvat ein.

Der dicke Mann verzog das Gesicht bei dem Gedanken niederzuknien. Er zog es vor, sich auf den Betstuhl zu setzen. Bei seiner Masse war es dort noch unbequemer als auf Knien – und trotzdem, ob Atheist oder Freidenker, die geschlossenen Lider von Weiss, sein Profil voller Inbrunst, beeindruckten ihn.

«Nichts Neues von Ange?»

«Ich glaube nicht, daß er mir Postkarten schickt», knurrte Salvat. «Sie haben Ihr Geld sowieso wieder. Also?»

«Das Geld ist nicht alles. Es geht auch um meine Ehre.»

«Das ist ein kleiner Idiot. Vergessen Sie ihn.»

Weiss ließ sich Zeit und sprach halblaut ein Vaterunser. Er bekreuzigte sich, öffnete die Augen – seine bernsteinfarbenen Pupillen – und fragte:

«Haben Sie eine Idee?»

«Woher denn? Er kann wer weiß wo sein.»

«Ich glaube nicht. Ich kenne Ange gut. Er hatte ein Ziel.»

«Hören Sie, Weiss, das ist Ihre Sache. Ich hätte gar nicht kommen sollen.»

«Aber Sie sind hier. Und ich danke Ihnen dafür. Ich werde Ihnen noch mehr danken. Weil Sie mir helfen werden.»

Salvat ließ sich Zeit und dachte nach.

«Als Ihre Männer ihn zum ersten Mal erwischt haben, was haben sie da mit ihm gemacht?»

«Sie haben ihn bestraft. Dann haben sie ihn irgendwo liegengelassen, wo er nie wieder hätte rauskommen dürfen.»

«Er hat es aber geschafft. Das wissen wir», sagte Salvat und strich mit dem Finger über die weiße Narbe an seinem Dreifachkinn. «Konnte er alleine da rauskommen? War er im Krankenhaus?»

«Ich glaube nicht. Als die Zeitungen nichts erwähnt haben von einem Leichenfund an der Stelle, wo meine Männer ihn liegengelassen hatten, hab ich sie losgeschickt, sie sollten sich vor Ort informieren. In einem Krankenhaus hat ihn niemand gesehen.»

«Vielleicht haben ihn Ihre Männer nicht richtig...»

«Nein, ich glaube, sie haben ihn so sehr ‹bearbeitet›, daß er nicht ganz allein da rausgekommen ist. Und er kannte keine Menschenseele in Paris.»

«Trotzdem hat ihm jemand geholfen?»

«Auf jeden Fall.»

«Jemand hat ihn gefunden. Hat ihn aber nicht ins Krankenhaus gebracht. Ein Arzt?»

«Warum nicht? Ich höre Ihnen gern beim Denken zu, Salvat.»

Salvat murmelte etwas vor sich hin, fuhr dann aber fort:

«Ein Arzt hätte ihn der Polizei gemeldet.»

«Sicher. Also war es kein Arzt.»

«Einer, der krumme Dinger macht?»

«Gibt's die denn noch, Monsieur Salvat? Glauben Sie?»

Salvat hörte die Ironie nicht.

«Mehr fällt mir nicht ein», sagte er.

«Nicht doch. Dieses Gespräch hat mir sehr geholfen. Zu zweit fällt einem immer mehr ein.»

Salvat massierte sich die Knie:

«Kann ich gehen?»

«Auf Wiedersehen, Monsieur Salvat. Und vielen Dank.»

Salvat erhob sich ungeschickt wie ein dickes Baby. Weiss hatte die Augen wieder geschlossen, murmelte ein Gebet. Salvat wollte noch ein Wort hinzufügen, betrachtete den Altar und die kleine rote Ewige Lampe des Tabernakels, zuckte mit den Schultern und entfernte sich.

Weiss ließ Aznar rufen:

«Besorg dir ein paar Leute. Keine Zigeuner. Und fahrt mal zusammen ein bißchen um die Baustelle herum, wo Ange seinen schönen Geist hätte aushauchen sollen. Aber unauffällig. Haltet mich auf dem laufenden.»

Er zog einen Rosenkranz aus der Tasche, Bernstein, und während sein Daumennagel die Perlen zählte, vertiefte er sich wieder ins Gebet.

NEUN

«Si quieres ver la vida color de rosa
Eche veinte centavos en la ranura», sang María Concepción.

Ange öffnete die Augen: Die Uhr unter der Glasglocke hatte nur einen Zeiger, den großen. Es war Viertel nach. Nach was?

«Mußt du immer denselben Mist singen, kannst du nichts anderes?»

Die Stimme von Soledad. Ange bemühte sich, Béa nicht zu wecken, während er den Arm wegschob, den sie im Schlaf immer über seine Brust legte. Die Sprungfedern des Sofas quietschten.

«Si quieres ver la vida color de rosa», fing María Concepción wieder an.

«Hej! Du gehst mir auf den Sack, Argentinien!»

Ange wollte gerade ins Zimmer treten, als Soledad mit brüchiger Stimme anhob:

«I'm an alien I'm a legal alien
Be yourself don't matter what they say.»
«Si quieres ver la vida color de rosa ...»
«Be yourself don't matter what they say ...»
«Si quieres ...»

«Be yourself…»

Sie saßen auf dem Bett, nebeneinander, und warfen sich gegenseitig ihre Refrains ins Gesicht.

Soledad lachte als erste, das helle Lachen eines Schulmädchens. Das Gesicht gen Himmel, den Mund geöffnet, die Augenlider geschlossen, den Hals gespannt in einem zerbrechlichen, weißen Bogen.

Auch der Morgen am Fenster war hell und weiß, die Wintersonne zerbrechlich wie angelaufenes Kristall.

Ange beobachtete, wie sie zusammen lachten, so taten, als wollten sie aufeinander losgehen, sich dann den Mate teilten, immer noch von Überbleibseln ihres Lachens geschüttelt. Soledad schlürfte einen Schluck und trällerte:

«Si quieres ver la vida color de rosa…»

«Eche un maté en tu gaznate», improvisierte María Concepción.

Ange applaudierte.

Er applaudierte ihrem Gesang, ihrem guten Verhältnis, dem geduldigen Wunder, das María Concepción in drei Wochen vollbracht hatte.

Wie hatte sie das geschafft?

Sie war ihrem Gefühl gefolgt.

Ange fand keine präzisere Erklärung. Er erinnerte sich nicht mehr an ihre Worte, die Vorwände, die sie gefunden hatte, damit er aus dem Haus ging und Béa mitnahm. Oder an ganz simple Dinge wie: «Geh spazieren. Du hast Zeit. Ich bin sicher, du bist noch nie spazierengegangen. Du mußt das lernen.»

Er zwang sich hinauszugehen. Er verlief sich. Béa nahm ihn bei der Hand.

«Ich zeig es dir», sagte er zu ihr.

«Was?»

«Du wirst es mir schon zeigen.»

Er hatte überhaupt keine Ahnung von Paris. Béa wußte ein bißchen, aus Büchern. Sie erwähnte es nicht. Sie schob ihre Finger zwischen seine Finger, begleitete ihn.

Als er zurückkam in die Passage Thiéré, fragte ihn María Concepción:

«Und? Lernst du was?»

Er fühlte sich verpflichtet, Monumente aufzuzählen, Orientierungspunkte, «Sehenswürdigkeiten». Sie spöttelte:

«Tourismus! Geh spazieren. Führ Béa aus. Laß dir Zeit.»

Unwillkürlich wanderte sein Blick zur Tür des Zimmers. Sie war geschlossen.

«Und Soledad?»

«Dschala», antwortete sie, nahm ihm die Einkäufe ab, die er mitgebracht hatte, und ging in die Küche, um sie einzuräumen.

Er entdeckte Grünanlagen, Innenhöfe, gelbe Kaimauern, machte sich weniger Sorgen um Soledad, um Weiss, der vermutlich nach ihnen suchte.

«So ist es besser», sagte María Concepción zu ihm. «Du lernst es noch.»

«Und Soledad?»

«Dara. So heißt sie. Dara.»

Nach den Grünanlagen, den Innenhöfen und den

gelben Steinen der Kaimauern entdeckte er Béa. Ihre warme, trockene, leichte Hand.

«Ich habe immer noch nicht verstanden, wieso du hier bist.»

«Dann bist du sehr dumm.»

Er mußte zustimmen. Er hatte geglaubt, kein Mensch könne ihn so aus der Fassung bringen wie Soledad. Aber María Concepción und Béa waren viel unberechenbarer. Wie sollte er Sanftheit, Ruhe und Kraft vorhersehen können? Auf so etwas war er nicht vorbereitet. Eines Abends gegen Ende der zweiten Woche empfing Soledad – nein, Dara – sie an der Tür. Sie küßte sie auf beide Wangen: zuerst Béa, dann Ange.

«So», sagte sie.

Und flüchtete sich in das Zimmer.

«Wie hast du das gemacht?» fragte er María Concepción.

«Ich hab ihr eine Droge verordnet. Sie betrunken gemacht. Tag für Tag.»

«Was?»

«Ich hab sie auf Mate gesetzt. Und sie mit Worten zugeschüttet.»

Dara aß mit ihnen zu Abend. Sie blickte kaum auf und nur, wenn María Concepción das Wort an sie richtete. Ange konnte die Augen nicht von ihr wenden.

In jener Nacht und ausgerechnet auf dem Sofa, das bei der geringsten Bewegung quietschte, sagte Béa zu ihm:

«Liebst du sie noch? Vermutlich liebst du sie jetzt noch mehr?»

Er dachte nach.

«Ich habe sie nie so geliebt, wie du glaubst.»

«Wirst du wieder mit ihr schlafen?»

«Ich hab sie nie angefaßt. Ich hab gesehen, wie sie mit anderen Leuten geschlafen hat. Und andere Sachen auch. Aber nie mit mir.»

Die beiden Männer, die Aznar engagiert hatte, Janou und DJ Dust, folgten Ange und Béa auf sämtlichen Spaziergängen. Janou, ein kleiner Blonder mit Halbglatze, regte sich auf:

«Scheiße, wir schnappen uns den Typ. Worauf warten wir denn noch?»

«Bleib schön cool, Mann, wenn's dir auch schwerfällt.

Keine Hektik, Mann, sonst zahlen wir noch Lehrgeld.

Aznar gibt das Zeichen, mach keinen Scheiß, Mann.

Halt dich zurück, denn wenn was schiefgeht, sind wir dran», rappte DJ Dust.

«Du kannst mich am Arsch lecken mit deinem Gejaule. Halt die Schnauze.»

«‹Arsch, Gejaule, Schnauze. Voll kraß, der Dialog.

Wenn Janou mal ran darf, kriegt er einen hoch?›

Na, gefällt sie dir, seine Schnalle, du kleiner Weißer?»

«Sie wird mir schon gefallen. Mein Schwanz ist nicht wählerisch.»

«Dein kleiner Korken?»

Nach dem Abendessen wandte Dara sich an Béa, die den Tisch abräumte.

«Leihst du ihn mir für eine Stunde?» fragte sie.

«Ange? Den brauch ich dir nicht zu leihen, er gehört dir.»

«Du bist wirklich blöd.»

«Hast du mir sonst noch was zu sagen?»

«Ich sag dir, was ich denke. Mach doch die Augen auf, verdammt.»

«Und das heißt?»

«Du verstehst überhaupt nichts, bei dir ist echt alles zu spät, oder? Findest du Ange nicht schön?»

«Doch.»

«Hat dich schon mal jemand so gevögelt?»

«Das geht dich gar nichts an.»

«Dich hat noch nie jemand so gevögelt wie er. Hast du dich schon einmal im Spiegel gesehen? Mit deiner Visage reißt du keinen vom Hocker.»

«Danke», sagte Béa mit schmalen Lippen und versuchte, mit einem Stapel Teller Richtung Küche zu entkommen.

«Weißt du was?» lächelte Dara. «Ich bin eifersüchtig, das stimmt. Ich wollte nichts von Ange, aber daß er dich will, hat mich verletzt – und nachdenklich gemacht. Ich habe begriffen, daß ihm egal ist, ob jemand schön ist und so. Er liebt Leute, die es verdienen, geliebt zu werden.»

Béa spielte ernsthaft mit dem Gedanken, Dara die Teller über den Schädel zu hauen.

«Findest du mich so häßlich?»

«Jetzt sei nicht sauer. Du weißt genau, wie du aussiehst. Ich wollte dir nur klarmachen, daß du mir geholfen hast, Ange zu verstehen. Er liebt dich. Das heißt also, wenn er mich geliebt hat, dann war das, weil er mich als…, als Mensch gesehen hat, nicht als einen schönen Arsch oder ein Gesicht. Verstehst du, was ich dir sagen will?»

«Ich glaube schon. Aber du sagst das auf so eine…»

«Ich sag die Wahrheit. Wie es ist. Mit der Wahrheit wirst du dich schon abfinden müssen, Béa. Der Typ sieht super aus und liebt dich, das passiert dir garantiert nicht nochmal. Ist dir das klar?»

«Wenn mir das bisher nicht klar war, hast du jetzt ja dafür gesorgt.»

«Also, leihst du ihn mir? Ich muß ihm ein paar Dinge sagen. Ich nehm ihn dir nicht weg.»

«Da mußt du ihn selber fragen.»

Ange und Dara liefen in Richtung der Lichter, Richtung Rue de Lappe und Rue de la Bastille. Auf dem Trottoir gegenüber ließen Janou und DJ Dust sie nicht aus den Augen.

«Ist das nicht die abgewrackte Schwalbe, die wir suchen?» fragte Janou.

DJ Dust zog ein Photo aus seiner Tasche.

«Die Zwillingsschwester», sagte er.

«Hat sie eine Schwester?» staunte Janou.

«Bist du bescheuert?» fragte DJ.

Ange und Dara mischten sich unter die Schar junger Leute. Sie bogen in die Rue de Lappe ein. Vor dem Eingang der Chapelle des Lombards lachten Antillaner. Kleine Wortgefechte auf kreolisch, im Vorübergehen aufgefangen.

«Ich freue mich, daß es dir besser geht», sagte Ange schließlich.

«Besser?» antwortete Dara. «Vielleicht. Aber ich weiß immer noch nicht, was jetzt werden soll.»

DJ Dust lächelte – ein weißes Aufblitzen in seinem schwarzen Gesicht – einer schönen Antillanerin zu, die verächtlich die Oberlippe und eine Braue hochzog. Janou rempelte gegen seine Schulter:

«Hej! Gefallen dir die Negerinnen?»

«Ja, Bwana», sagte er.

«Ich dachte, ihr Neger seid bloß geil auf Schwedinnen?»

«Wir sind immer geil, Bwana. Wir können immer. Wir haben keine Vorurteile.»

«Schon klar, bei euch ist das normal. Wie machst du das mit deinem Schwanz. Bindest du dir den fest? Ich hab das bei den Affen im Zoo gesehen: Die wichsen den ganzen Tag.»

«Das machen meine Frauen für mich, Bwana. Die lecken mich. Die besteigen mich. Die stehen auf Makaken und Gorillas.»

«Das sind doch Schlampen.»

«Nein. Bloß weil du so ein schlappes Schwänzchen hast.»

Dara hakte sich bei Ange unter.

«Ich muß dir was sagen», murmelte sie. «Nicht viel. Aber es ist schwer.»

«Versuch es.»

«Entschuldigung.»

«Was?»

«Entschuldigung. Ich bitte dich um Entschuldigung.»

«Jetzt hör auf...»

«Concepción hatte recht.»

Ange wartete darauf, daß sie noch etwas sagen würde. Aber das war alles. Sie waren jetzt an der Rue de la Charonne. Ein kleiner Glatzkopf und ein großer Schwarzer mit Baskenmütze liefen ihnen über den Weg.

«Du wirst mir nie verzeihen», sagte Dara. «Im Leben nicht... Warum hast du mich nicht so geliebt wie Béatrice?»

«Das hat nichts damit zu tun.»

«Weil sie nie angeschafft hat? Die hätte sowieso keiner gewollt.»

Ange fragte sich, ob sie nicht vielleicht recht hatte. Verteidigte sich trotzdem:

«Sie hat wenigstens immer zu mir gehalten.»

«Und ich hab dich verraten? Klar! Du hättest es nie geschafft mit mir zusammen. Auf die Inseln? Die existieren gar nicht. Ich will dir eins sagen: Ohne mich, ohne meinen Verrat, hättest du niemals María Concepción kennengelernt oder Béa wiedergetroffen. Ich habe dir einen Gefallen getan.»

Er lachte leise, als sie an dem kleinen Glatzkopf und dem großen Schwarzen mit der Baskenmütze vorbeiliefen, die fasziniert in das erleuchtete Schaufenster eines Möbelhändlers starrten.

«Danke, Dara.»

«Findest du, daß ich übertreibe? Denk mal drüber nach. Ich war der Vorwand, den du gebraucht hast.»

Er seufzte:

«Gehen wir zurück?»

«Du haßt mich, oder?»

«Nein. Aber ich hätte nicht gedacht, daß du so raffiniert bist.»

Der kleine blonde Glatzkopf machte einen Luftsprung, klaute dem großen Schwarzen die Baskenmütze, der wollte sie wiederhaben und rannte hinterher, die Rue de Lappe entlang, dann durch die Rue de la Roquette, bis zur Passage Thiéré.

«Wir können nicht ewig hier bei Ihnen bleiben.»

«Ich weiß. Was willst du machen?»

«Mein Versprechen halten. Sol..., Dara von hier wegbringen.»

«Wem hast du das versprochen?»

«Ihr.»

«Nein.»

«Nein?»

«Nein. Du hast es dir selbst versprochen. Oder sagen wir, du hast es Soledad versprochen. Soledad existiert nicht mehr.»

«Ich kann sie nicht im Stich lassen.»

«Gib ihr eine Chance zu leben. Gib dir eine Chance zu leben.»

«Sie ist sechzehn. Sie kommt nicht zurecht.»

«Und du, wie alt bist du?»

«Das ist nicht dasselbe.»

«Ich mache mir um dich mehr Sorgen als um Dara. Außerdem kommt Dara mit mir.»

«Sie gehen weg?»

«Fünfundzwanzig Jahre, das ist Trauer genug, findest du nicht? Ich habe meinem Bruder geschrieben, nach Argentinien. Er erwartet mich. Ich habe Lust, die Pferde wiederzusehen. Ich bin sicher, sie werden Dara gefallen.»

«Und ich?»

«Ich will nicht zweimal trauern müssen.»

«Ich sterbe doch nicht.»

«Du wirst mich verlassen. Das ist noch schlimmer. Immerhin ist Juan immer bei mir geblieben. Er ist immer noch dreißig Jahre alt. Das wird er bis zu meinem Tode bleiben.»

«Fahren Sie schon bald?»

«Nächste Woche. Ich habe die Flugtickets. Du kannst dieses Appartement behalten. Ich nehme nichts mit.»

«Sie nehmen Dara mit. An meiner Stelle.»

«Ja. Es ist besser, wenn ich Dara mitnehme und nicht dich. Und wenn nicht du Dara mitnimmst, sondern ich. Aber ich nehme sie nicht mit in einen Traum. Es gibt dort ein großes Haus, eine große Familie, eine neue Sprache und ein neues Leben. Viel zu lernen.»

«Haben Sie keine Angst?»

«Dschala.»

ZEHN

Die beiden deutschen Limousinen parkten vor dem Objectif Lune. Aznar, der den ersten Wagen fuhr, stieg aus. Mitternacht. Es regnete. Die Bar war geschlossen. Aznar beugte sich zum hinteren Fenster des Mercedes hinunter. Weiss, der in seinem voluminösen Pelzmantel fast verschwand, bearbeitete seine Bernsteinkette und starrte vor sich hin.

«Chef?»

Weiss wandte langsam den Blick, sah Aznar an, als brauche er eine Weile, um ihn wiederzuerkennen, seufzte:

«Ja, o.k.»

Aznar ließ Janou und DJ Dust aus dem Audi aussteigen.

«Verdammtes Pißwetter», sagte Janou und schlug den Kragen seiner Jacke hoch.

Der Fahrer des Mercedes stieg aus, öffnete Weiss und den beiden Zigeunern, die ihn begleiteten, die Tür. Pferdeschwanz, Dreiteiler, perlgrauer Mantel: Sie waren exakte Kopien der Verstorbenen, Zorro und José.

«Wartet unten», sagte Weiss mit einer angedeuteten Bewegung Richtung Aznar, Janou und DJ.

«Hej!» protestierte Janou. «Ich dachte, wir kriegen eine Prämie in Naturalien!»

Weiss ignorierte ihn, überquerte die Rue de la Roquette, mit langsamen Schritten, rechts und links eingerahmt von den beiden Zigeunern im Mantel.

Sie stiegen schweigend hinauf in den zweiten Stock. Hinter der Tür hörte man Lachen, Frauenstimmen, hoch, fröhlich. Weiss steckte den Rosenkranz in seine Tasche und gab mit einer knappen Bewegung seines Kinns das Kommando.

Die beiden Zigeuner knöpften ihre Mäntel auf, holten schwere Pistolen hervor, dann hob einer von ihnen, der kräftigere, sein Bein, und sein in englisches Schuhwerk gekleideter Fuß trat in Höhe des Schlosses die Tür ein.

Sie saßen am Tisch. Sie spielten Tarot. Eine magere Frau, mit grauen Haaren, schönes Indianergesicht. Ein dunkelblondes Mädchen, rosig und prall wie eine Bäuerin. Dara, die kleine blonde Nutte. Und, mit dem Rücken zur Flurtür, die kräftigen, schmalen Schultern Anges.

Während die beiden Zigeuner ihre Waffen in Anschlag brachten, öffnete Weiss seinen Pelzmantel, wünschte allen einen guten Abend und legte seine schmale, lange Hand auf Anges Schulter.

«Weißt du noch», sagte er. »Du bist hier drin.» (Er zeigte mit dem Finger auf seine Stirn.) «Leider, und ich bedauere das sehr, bist du nicht mehr hier.» (Sein Finger war jetzt in Höhe des Herzens.)

Er griff nach dem Stapel Karten auf dem Tisch. Er drehte eine um. Die Zehn der Stäbe. Er lachte leise:

«Ich hätte den Hängenden umdrehen sollen oder den Tod. Die Regie hat versagt.»

Er holte sich einen Stuhl, stellte ihn zwischen Ange und Dara. Er setzte sich, den Mantel weit offen.

«Guten Abend, meine Kleine», sagte er und tat, als wolle er Dara über die Wange streicheln.

Sie wich zurück, aber er hatte seine Finger schon weggezogen.

«Ihr habt schöne Ferien gehabt. Es sieht so aus, als hättest du dir eifrig Paris angesehen. Meine Männer haben davon schon Blasen an den Füßen. Ja, ich hab dich schon vor einiger Zeit wiedergefunden. Da siehst du, daß ich nicht so egoistisch bin, wie du glaubst: Ich wollte dir den Spaß nicht verderben.»

Er streichelte die Schulter Anges, der ihn nicht ansah, sich nicht rührte.

«Hast du gedacht, du wärst mir entkommen? Ich wollte, daß du das denkst. Um so mehr wird es dir jetzt leid tun. Du hast gedacht, du hättest es geschafft, dein Ziel erreicht, deine Freiheit… Um so schwerer wird es sein, sie zu verlieren, noch schmerzhafter, noch ungerechter. Ein Chef, ein Leader muß Ungerechtigkeit mit Maß und Ziel austeilen können. Autorität muß souverän erscheinen, sonst wird sie in Zweifel gezogen.»

Die Bernsteinaugen Weiss' wandten sich, sanft und traurig, María Concepción zu.

«Und da haben wir also deine Retterin. Die Frauen beten dich an, gar keine Frage.»

Er deutete eine knappe Verbeugung vor María Concepción an:

«Bravo, Madame. Sie haben die Zuneigung dieses Kindes gewonnen. Hat der Junge ihre Wünsche angemessen befriedigt? Er ist geschickt, nicht wahr, und phantasievoll? Geben Sie zu, ich habe ihn gut erzogen.»

«Halten Sie die Klappe», murmelte Ange.

«Psst… Ich spreche. Ich bin der Staatsanwalt. Du kriegst nachher zehn Sekunden, um deine Verteidigung vorzutragen.»

Die bernsteinfarbenen Augen wandten sich Béa zu.

«Sie sind die Überraschung dieser Versammlung, junge Frau. Ich verstehe nicht ganz, welche Rolle Sie spielen. Ich weiß, daß Sie viel mit meinem Ange spazierengehen, daß Sie ihn an der Hand halten, daß meine Männer vor Rührung fast geweint hätten, so verliebt sahen Sie aus.»

Ange hielt den Arm über dem Tisch, drückte die eiskalte Hand Béas.

«Habe ich nicht recht?» sagte Weiss. «Ist das nicht rührend? So viel Zärtlichkeit, und woher…? Da soll nochmal jemand sagen, mein Gewerbe würde den Kindern Schaden zufügen. Ist Ange nicht ein Engel, eine Art Engel? Geben Sie es ruhig zu: Seine Erziehung war ein voller Erfolg.»

Weiss drehte sich zu Dara.

«Und du? Ja, du… Deine Erziehung läßt zu wünschen übrig. Ich gebe zu, daß ich mir nie groß Gedanken um die Erziehung meiner Mädchen gemacht habe.

Die brauchen bloß die Beine breitzumachen, den Mund auf und zu gehorchen. Meine Jungs dagegen müssen immer auf der Höhe sein – und natürlich auf der Länge, der Härte, wenn Sie gestatten –, wenn die Kundschaft es fordert. Das ist wie Yoga, quasi wie Zen.»

Er fuhr sacht über Daras Hand. Sie zog sie nicht zurück. Er packte sie plötzlich beim Handgelenk, schob den Ärmel hoch.

«Hab ich es mir doch gedacht. Ange hat dich auf Entzug gesetzt, meine Kleine. Du hast das Drücken aufgegeben? Was für ein Mut! Was für eine seelische Kraft! Hast du es nicht manchmal bereut? Findest du das Leben so lustig, daß du auf die kleinen Fluchten verzichten kannst, die ich dir spendiert habe?»

Sie entriß sich seinem Griff, schlug die Arme übereinander.

«Und jetzt haßt du mich? Aber nein. Du weißt ganz genau, daß ich immer der einzige gewesen bin, der dich versteht. Ich habe Erfahrung. Ich hab so viele Mädchen gesehen, die so waren wie du. Sie enden alle auf die gleiche Weise. Warum aufhalten, was das Schicksal ihnen zugedacht hat? Du hängst nicht mehr an der Nadel? Du wirst wieder damit anfangen. Glaub mir: Davon gibt es keine Heilung, und ich kenne dich.»

Weiss nahm den Rosenkranz aus der Tasche seines Mantels, legte ihn auf den Tisch, zwischen Ange und sich:

«Und nun zu uns: mein schöner Ange… Was ist das für ein Gegenstand? Ein Rosenkranz. Gebetsperlen. Es hat mich viele Gebete gekostet, hierher zu gelangen, heute abend. Und wie du siehst, hat Gott mich erhört. Warum? Weil Gott den Menschen die Erbsünde auch nie verziehen hat. Ich verehre ihn, ich versuche, so zu handeln wie er. Und er brauchte in der Tat nur einen Mann und eine Frau zu bestrafen, einen Adam und eine Eva, die ihn nicht ernst genommen hatten. Meine Aufgabe ist schwieriger. Bei mir ist es der Engel, der Erzengel, den ich zum Hüter meines persönlichen und durchaus verderbten Paradieses machen wollte, es ist dieser Engel, der mich verraten hat. Vom Engel bist du zu meiner Schlange geworden. Wem, sag mir, wem kann ich noch Vertrauen schenken?»

Ange breitete die Karten auf dem Tisch aus. Weiss zeigte mit seinem manikürten Nagel auf eine davon:

«So falsch hab ich doch gar nicht gelegen. Du hattest den Tod in deinen Händen.»

Er ließ sich gegen die Lehne des Stuhles zurücksinken. Seine goldbraunen Augen streiften noch einmal kurz die vier Menschen, die um den Tisch saßen.

«Kommen wir zum Ende», sagte er. «Ange, mein Engel, mein schöner Engel, da du die Ursache für alles bist, wirst du auch der Schlüssel für die Auflösung sein. Du mußt dich jetzt entscheiden. Die Verantwortung übernehmen. Tief in dein Herz schauen.»

«Sie reden zuviel», sagte Ange.

«Ich liebe die Sprache, das ist alles. Wir sind nur Tiere, Kettenhunde unserer Egoismen. Mit Hilfe der Sprache erfinden wir die Vernunft, die Leidenschaft, die Fragen nach dem Warum und die Entschuldigungen.»

«Schämen Sie sich so sehr für das, was Sie machen wollen?»

«Ich werde bloß lachen über das, was du machst. Die Scham wird ganz auf deiner Seite sein.»

Weiß klopfte mit beiden Händen flach auf den Tisch:

«Wir wollen es kurz machen. Hier ist der Deal: Meine Männer werden dich töten, Ange. Ohne Schnörkel diesmal. Wir machen nicht zweimal den gleichen Fehler. Aber...»

Weiss hob einen Finger in die Höhe, der Auktionator bei der Versteigerung dreier Menschenleben:

«Aber... Ich überlasse dir die Entscheidung. Ja. Die Entscheidung. Hier sitzen drei Frauen um den Tisch. Drei, und sie lieben dich alle, jede auf ihre Weise. Und du liebst sie, alle. Weil du lieben kannst, Ange. Das ist dein schlimmster Fehler, deine größte Dummheit. Also, folgendes: Meine Männer töten nur eine von ihnen. Mit dir. Eine einzige. Egal welche. Sie sind alle schuldig. Jede von ihnen hat dich mir auf ihre Weise weggenommen. Du hast die Wahl, Ange. Ich werde mich deiner Entscheidung beugen. Welche? Welche soll mit dir sterben? Und wer sind die beiden, die das Recht bekommen sollen, ohne dich zu leben?»

Ange brauchte lange, bevor er seinen Blick hob. Er sah zuerst María Concepción, ihm gegenüber, die ihn mit großer Intensität ansah. Er las in ihren Augen – bildete er sich das nur ein? –: ‹Wähle mich.› Als nächstes sah er Béa, rechts. Ihr Mund war schief vor Unsicherheit. Sie sah ihn kaum an. Dennoch reichte es, er konnte den Trotz in ihrem Blick erraten, die Entscheidung: ‹Ich bin diejenige.› Schließlich sah er Dara – seine Soledad –, die ihn mit vor Verachtung geblähten Nüstern anschrie:

«Wähl mich!»

Er hatte verloren und gewonnen. Er packte den Griff des Laguioles, das er während Weiss' Schlußwort auf seinen Knien geöffnet hatte. Er holte tief Atem. Er sagte zu Weiss:

«Ich habe mich entschieden. Für Sie.»

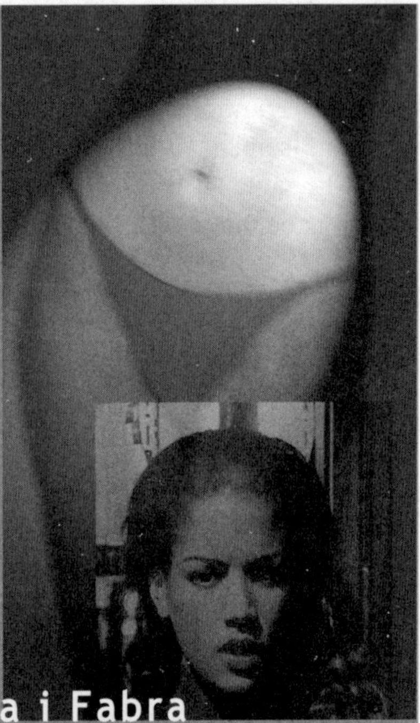

Jordi Sierra i Fabra

Tod in Havanna

DistelKrimi

ISBN 3-923208-42-1

DM 24,–